Simple Sudoku

Barbara Smith

authorHOUSE®

AuthorHouse™
1663 Liberty Drive, Suite 200
Bloomington, IN 47403
www.authorhouse.com
Phone: 1-800-839-8640

First published by AuthorHouse 3/20/2009

ISBN: 978-1-4389-6955-8 (sc)

Printed in the United States of America
Bloomington, Indiana

This book is printed on acid-free paper.

Sudoku Instructions:

Sudoku is a game of placing numbers in squares, using very simple rules of logic and deduction. It can be played by people of all ages and the rules are simple to learn.

The objective of the game is to fill all the blank squares in a game with the correct numbers. The sudoku grid consists of eighty-one squares in a nine by nine grid. To solve the sudoku, each square in the grid must contain a number between one and nine. There are three very simple guidelines to follow as the blanks are populated. They are as follows:

- Every row of 9 numbers must include all digits 1 through 9 in any order
- Every column of 9 numbers must include all digits 1 through 9 in any order
- Every 3 by 3 subsection of the 9 by 9 square must include all digits 1 through 9

The game begins with a number of squares already filled in. Difficulty levels are determined by how many squares are filled in. The more squares that are known, the easier it is to fill in the open squares. As you fill in squares correctly, options for the remaining squares are narrowed and it becomes easier to fill them in.

Sudoku
BARBARA SMITH

8		6		5		2	9	3
3		5	6		2		8	
			7	3			4	5
	3			8		5		
	9		3		5	8		
5	6	8				1	3	7
			5	3	9	4	1	2
2	5	3	1		8		7	6
4	1	9	2			3	5	

7	1	9	5	4			3	8
					3	1	4	
4	3	2		1			6	
6	2				4	5		3
9	8	4	3	5			1	7
1		3				4	9	2
3	9			2		8		4
	4	6	7			3		
8			4	3	5	9	2	6

BARBARA SMITH

Sudoku
BARBARA SMITH

8	7	6	4	5	1	2	9	3
3	4	5	6	9	2	7	8	1
9	2	1	8	7	3	6	4	5
1	3	4	7	8	6	5	2	9
7	9	2	3	1	5	8	6	4
5	6	8	9	2	4	1	3	7
6	8	7	5	3	9	4	1	2
2	5	3	1	4	8	9	7	6
4	1	9	2	6	7	3	5	8

7	1	9	5	4	6	2	3	8
5	6	8	2	7	3	1	4	9
4	3	2	9	1	8	7	6	5
6	2	7	1	9	4	5	8	3
9	8	4	3	5	2	6	1	7
1	5	3	8	6	7	4	9	2
3	9	5	6	2	1	8	7	4
2	4	6	7	8	9	3	5	1
8	7	1	4	3	5	9	2	6

BARBARA SMITH

Sudoku
BARBARA SMITH

Puzzle 1

1	9	2	6	4	3			
6	7		8		2		1	
		5		7	1	6	2	
2		1	5	6				
	6	8		1		3	7	
					4	1	6	2
	4	7	1	9		2		6
	1		4		6		5	
		6	7	3	5	8	4	1

Puzzle 2

	9			2	8	5	1	
6		1				4	8	
8				4	1	2	7	6
	7			8	6	1		
9	4	6	7	1	5	8		2
2	1	8		9				
1	3				4	9	2	8
	8		1		2			7
	6		8	7			5	1

BARBARA SMITH

Sudoku
BARBARA SMITH

1	9	2	6	4	3	5	8	7
6	7	4	8	5	2	9	1	3
3	8	5	9	7	1	6	2	4
2	3	1	5	6	7	4	9	8
4	6	8	2	1	9	3	7	5
7	5	9	3	8	4	1	6	2
5	4	7	1	9	8	2	3	6
8	1	3	4	2	6	7	5	9
9	2	6	7	3	5	8	4	1

7	9	4	6	2	8	5	1	3
6	2	1	3	5	7	4	8	9
8	5	3	9	4	1	2	7	6
3	7	5	2	8	6	1	9	4
9	4	6	7	1	5	8	3	2
2	1	8	4	9	3	7	6	5
1	3	7	5	6	4	9	2	8
5	8	9	1	3	2	6	4	7
4	6	2	8	7	9	3	5	1

BARBARA SMITH

Sudoku
BARBARA SMITH

8		6	5			2	9	4
4	5	3	6		2		8	
				7	4		5	
	4	5		8				
	9		4		3	8		5
	6	8			5	1	4	7
				4	9	5	1	2
2	3	4	1	5	8		7	6
5	1	9	2			4		

7	4	1	3	5		8		9
	2	5			7		3	4
3			1			5		
	6	3	4	1	2		5	
	5				3			
	7		5	6		3	9	2
		7		3	5			6
	3		6			4		5
5	1	6	8		9			3

BARBARA SMITH

Sudoku
BARBARA SMITH

8	7	6	5	3	1	2	9	4
4	5	3	6	9	2	7	8	1
9	2	1	8	7	4	6	5	3
1	4	5	7	8	6	3	2	9
7	9	2	4	1	3	8	6	5
3	6	8	9	2	5	1	4	7
6	8	7	3	4	9	5	1	2
2	3	4	1	5	8	9	7	6
5	1	9	2	6	7	4	3	8

7	4	1	3	5	6	8	2	9
6	2	5	9	8	7	1	3	4
3	9	8	1	2	4	5	6	7
9	6	3	4	1	2	7	5	8
8	5	2	7	9	3	6	4	1
1	7	4	5	6	8	3	9	2
4	8	7	2	3	5	9	1	6
2	3	9	6	7	1	4	8	5
5	1	6	8	4	9	2	7	3

BARBARA SMITH

Sudoku
BARBARA SMITH

Puzzle 1

	1			4		6	8	7
		9	7	2	8	1		
	8	7		3	1			
		1		8			7	6
7			1		9		3	2
2	9			7		8	5	1
	2	6		1		7	9	5
9	7		8				1	
1	4			9	7	2		

Puzzle 2

2	9				5	8	6	
	5			6	9		3	2
6		7		8			1	5
7	4		6	9		2	5	
9	1	6	8	5				
	2	5					9	6
	8	1	5	3		6		
5	6	9	1	2	8	7		
				4	6	5	8	

BARBARA SMITH

3	1	2	9	4	5	6	8	7
6	5	9	7	2	8	1	4	3
4	8	7	6	3	1	5	2	9
5	3	1	2	8	4	9	7	6
7	6	8	1	5	9	4	3	2
2	9	4	3	7	6	8	5	1
8	2	6	4	1	3	7	9	5
9	7	5	8	6	2	3	1	4
1	4	3	5	9	7	2	6	8

2	9	4	3	1	5	8	6	7
1	5	8	7	6	9	4	3	2
6	3	7	2	8	4	9	1	5
7	4	3	6	9	1	2	5	8
9	1	6	8	5	2	3	7	4
8	2	5	4	7	3	1	9	6
4	8	1	5	3	7	6	2	9
5	6	9	1	2	8	7	4	3
3	7	2	9	4	6	5	8	1

Sudoku
BARBARA SMITH

5	3	7		4	1	8		
8		4		5				1
1	9		8		2	7	4	
4	1		2	8	6			
	6			7	3	1	8	
	8	5	1			6		2
	7			2	8	5	1	
2		1					7	8
3	4	8		1		2	9	

6		4			8	2	9	
		9		2	8			1
2	8		1	9	6			7
5				8		2	4	
4	2	8		5		1		3
	7		2				8	5
6			8	7	4			2
9			9	1	2	6		
9		2			5		1	8

Sudoku
BARBARA SMITH

5	3	7	6	4	1	8	2	9
8	2	4	9	5	7	3	6	1
1	9	6	8	3	2	7	4	5
4	1	3	2	8	6	9	5	7
9	6	2	5	7	3	1	8	4
7	8	5	1	9	4	6	3	2
6	7	9	4	2	8	5	1	3
2	5	1	3	6	9	4	7	8
3	4	8	7	1	5	2	9	6

1	6	5	4	3	7	8	2	9
7	3	9	5	2	8	4	6	1
2	8	4	1	9	6	3	5	7
5	9	1	7	8	3	2	4	6
4	2	8	6	5	9	1	7	3
3	7	6	2	4	1	9	8	5
6	1	3	8	7	4	5	9	2
8	5	7	9	1	2	6	3	4
9	4	2	3	6	5	7	1	8

BARBARA SMITH

Sudoku
BARBARA SMITH

4	7			6	2			
				4	1	7	8	9
1	8				7		4	2
7	3		4	8	9		2	
		8		7		4		
	5	4	2	1			6	7
8		7	9		4		3	6
6	9	5	1	3			7	4
	4		7	2				8

	5	4	1	7		6		
1	9	8	2	4			7	
			9			4	1	8
6	2	5		1	3	9	4	
	8		4		9	5	6	1
	4	1		6	7		2	
	1	2			4	7		
5						1		4
4		6	7		1	2		

4	7	9	8	6	2	3	1	5
5	6	2	3	4	1	7	8	9
1	8	3	5	9	7	6	4	2
7	3	6	4	8	9	5	2	1
2	1	8	6	7	5	4	9	3
9	5	4	2	1	3	8	6	7
8	2	7	9	5	4	1	3	6
6	9	5	1	3	8	2	7	4
3	4	1	7	2	6	9	5	8

3	5	4	1	7	8	6	9	2
1	9	8	2	4	6	3	7	5
2	6	7	9	3	5	4	1	8
6	2	5	8	1	3	9	4	7
7	8	3	4	2	9	5	6	1
9	4	1	5	6	7	8	2	3
8	1	2	3	9	4	7	5	6
5	7	9	6	8	2	1	3	4
4	3	6	7	5	1	2	8	9

Sudoku
BARBARA SMITH

2		5	4	3		7		1
		9	5		2	4		8
6	1	4				2	5	
9			3			5		2
	2	6	9		5	3	7	
	5		2		4			9
		2		5		8	3	6
5		1			3	9	2	
7		8		2	9			5

	9		7		8	4	2	
6	7	5			9	1	3	
8				3	6	7		9
7	5	9		6		2	1	
		8	9	7				
	3			2		9	8	7
1	8			9	2		7	4
			4	8	7		9	1
9		7					6	2

BARBARA SMITH

2	8	5	4	3	6	7	9	1
3	7	9	5	1	2	4	6	8
6	1	4	7	9	8	2	5	3
9	4	7	3	6	1	5	8	2
1	2	6	9	8	5	3	7	4
8	5	3	2	7	4	6	1	9
4	9	2	1	5	7	8	3	6
5	6	1	8	4	3	9	2	7
7	3	8	6	2	9	1	4	5

3	9	1	7	5	8	4	2	6
6	7	5	2	4	9	1	3	8
8	2	4	1	3	6	7	5	9
7	5	9	8	6	4	2	1	3
2	1	8	9	7	3	6	4	5
4	3	6	5	2	1	9	8	7
1	8	3	6	9	2	5	7	4
5	6	2	4	8	7	3	9	1
9	4	7	3	1	5	8	6	2

Puzzle 1

			5	2	9	7		
9	7	2		3		5	6	
			7			2	8	9
8	9					6	2	5
5			8	9	2			3
2	4	3					9	8
	2				3	9		
	8	4	9	1			5	2
		9	2		7			

Puzzle 2

	1		5			4	8	9
8		6	4	1	9			2
4			8	7	2			6
7			6	9	1	8		4
1		8	2	4		9		
9	4	2			8		6	
5				8	4		7	
3		1	5		2	4		8
	8	4						5

Sudoku
BARBARA SMITH

4	6	8	5	2	9	7	3	1
9	7	2	1	3	8	5	6	4
3	5	1	7	6	4	2	8	9
8	9	7	3	4	1	6	2	5
5	1	6	8	9	2	4	7	3
2	4	3	6	7	5	1	9	8
6	2	5	4	8	3	9	1	7
7	8	4	9	1	6	3	5	2
1	3	9	2	5	7	8	4	6

2	1	7	5	6	3	4	8	9
8	3	6	4	1	9	7	5	2
4	9	5	8	7	2	3	1	6
7	5	3	6	9	1	8	2	4
1	6	8	2	4	5	9	3	7
9	4	2	7	3	8	5	6	1
5	2	9	1	8	4	6	7	3
3	7	1	9	5	6	2	4	8
6	8	4	3	2	7	1	9	5

BARBARA SMITH

Sudoku
BARBARA SMITH

	5	6		7			4	
	8	2		5			9	7
4		7	6		2	5	8	
7			5			9	2	4
6			7					5
5	9	3			1	7		
	7	9	2		5	1		6
2	6				7	4	5	
	4	5		1		8	7	

4	3	5				8	7	
7		1				4	5	
	9			7	4	2		
		7	4			6		2
	6		7	1	8	3	4	
5		4	2		6	7		
	4				5	1	2	7
8		2		4	7			
1	7	3		9	2			4

BARBARA SMITH

Sudoku
BARBARA SMITH

9	5	6	1	7	8	2	4	3
1	8	2	3	5	4	6	9	7
4	3	7	6	9	2	5	8	1
7	1	8	5	6	3	9	2	4
6	2	4	7	8	9	3	1	5
5	9	3	4	2	1	7	6	8
8	7	9	2	4	5	1	3	6
2	6	1	8	3	7	4	5	9
3	4	5	9	1	6	8	7	2

4	3	5	9	2	1	8	7	6
7	2	1	8	6	3	4	5	9
6	9	8	5	7	4	2	3	1
3	8	7	4	5	9	6	1	2
2	6	9	7	1	8	3	4	5
5	1	4	2	3	6	7	9	8
9	4	6	3	8	5	1	2	7
8	5	2	1	4	7	9	6	3
1	7	3	6	9	2	5	8	4

BARBARA SMITH

Sudoku
BARBARA SMITH

	3		9		4	6	1	7
1		9				5	8	4
5	6	4	1				2	
	8	7		4	9	2		1
			6	1	8		4	
4		1	7	3		8	9	
	9		4		6	1	7	8
	4	6				1	3	
7	1	8	3		5	4	6	

6		7	9		1	2	3	8
5	2		8					9
	8		4	2		5	6	
8				1	9		2	7
			6		2		8	
2	9		7	3	8			4
	7	2		8	6		9	
3			2			8	1	6
	6	8	3		5	7		2

BARBARA SMITH

8	3	2	9	5	4	6	1	7
1	7	9	2	6	3	5	8	4
5	6	4	1	8	7	9	2	3
6	8	7	5	4	9	2	3	1
9	2	3	6	1	8	7	4	5
4	5	1	7	3	2	8	9	6
3	9	5	4	2	6	1	7	8
2	4	6	8	7	1	3	5	9
7	1	8	3	9	5	4	6	2

6	4	7	9	5	1	2	3	8
5	2	1	8	6	3	4	7	9
9	8	3	4	2	7	5	6	1
8	3	4	5	1	9	6	2	7
7	1	5	6	4	2	9	8	3
2	9	6	7	3	8	1	5	4
4	7	2	1	8	6	3	9	5
3	5	9	2	7	4	8	1	6
1	6	8	3	9	5	7	4	2

Sudoku
BARBARA SMITH

5	7	1		8				
	3				1		7	
			7	9		3		1
1	5		6		7			
	6	8	9	1	2	7	5	
7			5	3	8	1	9	
	2		8	5	9		1	7
	1		2	7	4	9	8	
		7	1		3		4	2

		1	5			7		8
2	7		8	3	1	5	6	
		8	7				1	
1	2				8	6	9	5
5	8		1		9			3
9	4	3				8	2	1
	9			1	3		8	
	1	4	8			5	9	
8		2			7	1		

BARBARA SMITH

Sudoku
BARBARA SMITH

5	7	1	3	8	6	4	2	9
9	3	6	4	2	1	8	7	5
2	8	4	7	9	5	3	6	1
1	5	9	6	4	7	2	3	8
3	6	8	9	1	2	7	5	4
7	4	2	5	3	8	1	9	6
4	2	3	8	5	9	6	1	7
6	1	5	2	7	4	9	8	3
8	9	7	1	6	3	5	4	2

4	6	1	5	9	2	7	3	8
2	7	9	8	3	1	5	6	4
3	5	8	7	6	4	9	1	2
1	2	7	3	4	8	6	9	5
5	8	6	1	2	9	4	7	3
9	4	3	6	7	5	8	2	1
6	9	5	4	1	3	2	8	7
7	1	4	2	8	6	3	5	9
8	3	2	9	5	7	1	4	6

BARBARA SMITH

Sudoku
BARBARA SMITH

Puzzle 1

7		5	1	6	9		3	
	8	6		5		9		
	2				4		5	6
		2	9	1	6	7	8	5
6			8		5			
5	9	8		3	7	4	6	
8	7		5			6	9	
	6	3				5	1	
	5		6		3	8		7

Puzzle 2

8	6		9		4	1	3	
			6	3	1			9
3		9			2		7	
9					3	5		7
1	5		7	9	6	3	2	4
6	3	7					9	1
	4	3	5			9		8
			3		9			
	9	6	2				4	3

BARBARA SMITH

Sudoku
BARBARA SMITH

7	4	5	1	6	9	2	3	8
1	8	6	3	5	2	9	7	4
3	2	9	7	8	4	1	5	6
4	3	2	9	1	6	7	8	5
6	1	7	8	4	5	3	2	9
5	9	8	2	3	7	4	6	1
8	7	4	5	2	1	6	9	3
9	6	3	4	7	8	5	1	2
2	5	1	6	9	3	8	4	7

8	6	2	9	7	4	1	3	5
4	7	5	6	3	1	2	8	9
3	1	9	8	5	2	4	7	6
9	2	4	1	8	3	5	6	7
1	5	8	7	9	6	3	2	4
6	3	7	4	2	5	8	9	1
2	4	3	5	6	7	9	1	8
7	8	1	3	4	9	6	5	2
5	9	6	2	1	8	7	4	3

BARBARA SMITH

Sudoku
BARBARA SMITH

	1	5			4		2	6
		9		1	8	5	3	4
2		4		7	6	8	1	
4				8			9	1
9			3	2	1	4		8
	8	1		4				
		6	4	9		1		7
1	4	2	8			9		
7	9		1			2	4	

5	8	6		4	9			1
			3	8	1	4		
3	4		7	6		8		9
		4			8			7
6		7	9			2	4	8
	3	8	4		2		5	6
4	6		8		7		9	
8	1	9			4	6		3
7						5	8	4

BARBARA SMITH

8	1	5	9	3	4	7	2	6
6	7	9	2	1	8	5	3	4
2	3	4	5	7	6	8	1	9
4	2	3	7	8	5	6	9	1
9	6	7	3	2	1	4	5	8
5	8	1	6	4	9	3	7	2
3	5	6	4	9	2	1	8	7
1	4	2	8	5	7	9	6	3
7	9	8	1	6	3	2	4	5

5	8	6	2	4	9	7	3	1
9	7	2	3	8	1	4	6	5
3	4	1	7	6	5	8	2	9
2	9	4	6	5	8	3	1	7
6	5	7	9	1	3	2	4	8
1	3	8	4	7	2	9	5	6
4	6	5	8	3	7	1	9	2
8	1	9	5	2	4	6	7	3
7	2	3	1	9	6	5	8	4

BARBARA SMITH

Sudoku
BARBARA SMITH

8		3	9		2		7	
			6	8	1		9	
9	6				4	1	8	
		6	2		9		4	8
	9		8		3			
	4	8	5			3		9
6	8	7				9		1
1	5	9	7		6	8	2	4
3				9	8	5		7

8		6		2		3	9	
		2	6		3		8	
	3			7			4	2
	5			8		2	3	
	9	3	5		2	8		
2	6	8		3		1		7
			2		9	4	1	3
3	2		1		8		7	6
4	1	9	3				2	

BARBARA SMITH

Sudoku
BARBARA SMITH

8	1	3	9	5	2	4	7	6
4	7	5	6	8	1	2	9	3
9	6	2	3	7	4	1	8	5
5	3	6	2	1	9	7	4	8
7	9	1	8	4	3	6	5	2
2	4	8	5	6	7	3	1	9
6	8	7	4	2	5	9	3	1
1	5	9	7	3	6	8	2	4
3	2	4	1	9	8	5	6	7

8	7	6	4	2	1	3	9	5
5	4	2	6	9	3	7	8	1
9	3	1	8	7	5	6	4	2
1	5	4	7	8	6	2	3	9
7	9	3	5	1	2	8	6	4
2	6	8	9	3	4	1	5	7
6	8	7	2	5	9	4	1	3
3	2	5	1	4	8	9	7	6
4	1	9	3	6	7	5	2	8

BARBARA SMITH

Puzzle 1

	1		9			8	3	6
2		9			3	1		
7		8		5	1	9		2
1			3		9			
9	5	6	1		2	3	7	
					4		9	1
5			4	3		7	1	9
		1	2	9		4		8
6	9	4		1				

Puzzle 2

7	2	6	8	9			4	5
					6	9		7
8	9			7			2	
	7	2	1		4			9
	1	9	7	8			5	
5		4	6	2	9		7	
9	6				2	7	1	
1		7					3	4
		8	9	1	7	5	3	

Sudoku
BARBARA SMITH

4	1	5	9	2	7	8	3	6
2	6	9	8	4	3	1	5	7
7	3	8	6	5	1	9	4	2
1	4	7	3	6	9	2	8	5
9	5	6	1	8	2	3	7	4
8	2	3	5	7	4	6	9	1
5	8	2	4	3	6	7	1	9
3	7	1	2	9	5	4	6	8
6	9	4	7	1	8	5	2	3

7	2	6	8	9	1	3	4	5
4	5	1	2	3	6	9	8	7
8	9	3	4	7	5	6	2	1
3	7	2	1	5	4	8	6	9
6	1	9	7	8	3	4	5	2
5	8	4	6	2	9	1	7	3
9	6	5	3	4	2	7	1	8
1	3	7	5	6	8	2	9	4
2	4	8	9	1	7	5	3	6

Sudoku
BARBARA SMITH

5			6	2		3	1	
9			3	1	5	8		
3	1	2			8	6	7	
1		3		9			8	
		9	8		3	4	2	1
	8				1		3	
6		1	7				9	3
2	3	4	1		9			8
	9	7		3	2	1		

9	1	4		6	7	2		3
			2		3	1		
2			9	8	1	6		5
		5			2		1	7
3		6	8	1		9	2	
1	9	2	7		4		6	8
6	5		1		8		3	2
	6	1		2	9	7		0
7	2					8		1

Sudoku
BARBARA SMITH

5	4	8	6	2	7	3	1	9
9	7	6	3	1	5	8	4	2
3	1	2	9	4	8	6	7	5
1	2	3	4	9	6	5	8	7
7	6	9	8	5	3	4	2	1
4	8	5	2	7	1	9	3	6
6	5	1	7	8	4	2	9	3
2	3	4	1	6	9	7	5	8
8	9	7	5	3	2	1	6	4

9	1	4	5	6	7	2	8	3
5	6	8	2	4	3	1	7	9
2	3	7	9	8	1	6	4	5
8	4	5	6	9	2	3	1	7
3	7	6	8	1	5	9	2	4
1	9	2	7	3	4	5	6	8
6	5	9	1	7	8	4	3	2
4	8	1	3	2	9	7	5	6
7	2	3	4	5	6	8	9	1

BARBARA SMITH

Sudoku
BARBARA SMITH

8	4		9	7	2			6
9		6		1	4			2
	1		5			8	9	4
4		2			9		6	
1		9	2	8		4		
7			6	4	1	9		8
	9						4	5
3		1	4	5		2		9
5		4		9			7	

7	2	9	6		5			4
		4	1				5	9
8	1		9	4			6	
				2	9		4	3
5	9		4		3			
4	3					9	2	
	4	8		9	7		3	
9		3		4		7		
2		6		8	1	4	9	

BARBARA SMITH

Sudoku
BARBARA SMITH

8	4	5	9	7	2	3	1	6
9	3	6	8	1	4	7	5	2
2	1	7	5	6	3	8	9	4
4	8	2	7	3	9	5	6	1
1	6	9	2	8	5	4	3	7
7	5	3	6	4	1	9	2	8
6	9	8	3	2	7	1	4	5
3	7	1	4	5	6	2	8	9
5	2	4	1	9	8	6	7	3

7	2	9	6	3	5	8	1	4
3	6	4	1	7	8	2	5	9
8	1	5	9	4	2	3	6	7
6	8	1	7	2	9	5	4	3
5	9	2	4	1	3	7	8	6
4	3	7	8	5	6	9	2	1
1	4	8	5	9	7	6	3	2
9	5	3	2	6	4	1	7	8
2	7	6	3	8	1	4	9	5

BARBARA SMITH

Sudoku
BARBARA SMITH

8		6		3	5		4	
		3	6		9			
9	4				2	3	6	
		1	4		6		3	8
6			1		3			
3	7		2			6		9
7	3	5						6
4	2		3	6	7		5	1
1	6					7		3

		7	9	1		2		
9						1		5
1		2			7	6		9
	1	6		7	4	9	5	
	7			9	2	8	1	4
8	4	9			1			
	9	1	3			5	2	6
4		5	1		3		8	
	2		7	6		4	9	1

BARBARA SMITH

Sudoku
BARBARA SMITH

8	1	6	7	3	5	9	4	2
2	5	3	6	4	9	1	8	7
9	4	7	8	1	2	3	6	5
5	9	1	4	7	6	2	3	8
6	8	2	1	9	3	5	7	4
3	7	4	2	5	8	6	1	9
7	3	5	9	8	1	4	2	6
4	2	9	3	6	7	8	5	1
1	6	8	5	2	4	7	9	3

6	5	7	9	1	3	2	4	8
9	3	4	2	8	6	1	7	5
1	8	2	4	5	7	6	3	9
2	1	6	8	7	4	9	5	3
5	7	3	6	9	2	8	1	4
8	4	9	5	3	1	7	6	2
7	9	1	3	4	8	5	2	6
4	6	5	1	2	9	3	8	7
3	2	8	7	6	5	4	9	1

BARBARA SMITH

Sudoku
BARBARA SMITH

6	2	9	5	4				8
					7	6		
		8		2			9	
2	9					4		1
7	1			5			8	9
4		5					2	6
	6			1		2		
		1	4					
8				3	5	9	1	7

	8	6		9	4			
	9	7	8	2	1	4		
4				3		1	8	9
6	1	4	9	8		7		
2	3	9	4					
	5	8				9	4	2
5	4				9	6	2	
					8		1	4
		2		4			9	7

BARBARA SMITH

Sudoku
BARBARA SMITH

6	2	9	5	4	3	1	7	8
1	5	4	9	8	7	6	3	2
3	7	8	1	2	6	5	9	4
2	9	3	7	6	8	4	5	1
7	1	6	2	5	4	3	8	9
4	8	5	3	9	1	7	2	6
5	6	7	8	1	9	2	4	3
9	3	1	4	7	2	8	6	5
8	4	2	6	3	5	9	1	7

1	8	6	5	9	4	2	7	3
3	9	7	8	2	1	4	5	6
4	2	5	7	3	6	1	8	9
6	1	4	9	8	2	7	3	5
2	3	9	4	5	7	8	6	1
7	5	8	6	1	3	9	4	2
5	4	1	3	7	9	6	2	8
9	7	3	2	6	8	5	1	4
8	6	2	1	4	5	3	9	7

BARBARA SMITH

Sudoku
BARBARA SMITH

1	4	3		9	2			
8		2		7				
	7				5	1	2	
5			2		6			
	6			1	8	3	7	
		4				6		2
	9		4	7		2		
4		1					5	
7	3	5				8	4	

3	7	1		2		6		8
5		2		8		7		3
8		9		1	3	2	4	5
				6		8	3	
6		8	3	4	7			9
		3	2	9	8	1	6	
	2	4	8	5	6	3		
7	8		9	3		4		2
	3			7			8	

1	4	3	6	9	2	5	8	7
8	5	2	1	7	4	9	6	3
9	7	6	3	8	5	1	2	4
5	1	7	2	3	6	4	9	8
2	6	9	4	1	8	3	7	5
3	8	4	7	5	9	6	1	2
6	9	8	5	4	7	2	3	1
4	2	1	8	6	3	7	5	9
7	3	5	9	2	1	8	4	6

3	7	1	5	2	4	6	9	8
5	4	2	6	8	9	7	1	3
8	6	9	7	1	3	2	4	5
2	9	7	1	6	5	8	3	4
6	1	8	3	4	7	5	2	9
4	5	3	2	9	8	1	6	7
9	2	4	8	5	6	3	7	1
7	8	6	9	3	1	4	5	2
1	3	5	4	7	2	9	8	6

BARBARA SMITH

Sudoku
BARBARA SMITH

2		7		8			5	
	3			5			1	2
5				9	2	3		7
	5		8	2	9			
	7	2	5		4	9	8	
					3	2	4	5
7	2		6			5		
	6	8	9		5		2	
		5	2	3	8		9	

5	6	3	7	1	9			8
		4		3		1	6	
	1		6		2		3	
		6	3	2		5		4
	5		9	8	6	3	1	7
	3		1		4	6	9	2
3	2			9		8		6
7				6	3			
6	4	5	8			9	2	3

BARBARA SMITH

Sudoku
BARBARA SMITH

2	1	7	3	8	6	4	5	9
9	3	6	4	5	7	8	1	2
5	8	4	1	9	2	3	6	7
4	5	3	8	2	9	6	7	1
6	7	2	5	1	4	9	8	3
8	9	1	7	6	3	2	4	5
7	2	9	6	4	1	5	3	8
3	6	8	9	7	5	1	2	4
1	4	5	2	3	8	7	9	6

5	6	3	7	1	9	2	4	8
2	7	4	5	3	8	1	6	9
9	1	8	6	4	2	7	3	5
1	9	6	3	2	7	5	8	4
4	5	2	9	8	6	3	1	7
8	3	7	1	5	4	6	9	2
3	2	1	4	9	5	8	7	6
7	8	9	2	6	3	4	5	1
6	4	5	8	7	1	9	2	3

BARBARA SMITH

Sudoku
BARBARA SMITH

	2				9	4	1	8
8	3		1		2		7	6
4	1	9	8					2
2		6				8	9	
		3	6		8		2	
	8		2	7			4	
	5			2			8	
	9	8	5		3	2		
	6	2		8		1		7

9			3					
	5	6	9		2	3	7	
					4			9
5			4	3		7		1
		9	2			4		8
6	1	4						
						8	3	6
2		1			3	0		
7		8		5	9			2

BARBARA SMITH

Sudoku
BARBARA SMITH

Puzzle 1

6	2	7	3	5	9	4	1	8
8	3	5	1	4	2	9	7	6
4	1	9	8	6	7	5	3	2
2	7	6	4	3	1	8	9	5
5	4	3	6	9	8	7	2	1
9	8	1	2	7	5	6	4	3
1	5	4	7	2	6	3	8	9
7	9	8	5	1	3	2	6	4
3	6	2	9	8	4	1	5	7

Puzzle 2

9	4	7	3	6	1	2	8	5
1	5	6	9	8	2	3	7	4
8	2	3	5	7	4	6	1	9
5	8	2	4	3	6	7	9	1
3	7	9	2	1	5	4	6	8
6	1	4	7	9	8	5	2	3
4	9	5	1	2	7	8	3	6
2	6	1	8	4	3	9	5	7
7	3	8	6	5	9	1	4	2

Sudoku
BARBARA SMITH

7						8	2	9
	8	9			2	7		6
6	5	2	9		8		3	
9	2		7		4		6	8
3		6	8	9		2	1	
		5		2			9	7
1			2	8	9	6		5
			1		3	9		2
2	9	4		6	7			3

4	2	5	6	8		7		
9	7			1		2		4
			4	2				
3	4				2		1	5
2		7		6		9	4	3
1	8		5	4			2	7
		2			4			
		4		7			5	2
		1	2	3	6	4		8

BARBARA SMITH

Sudoku
BARBARA SMITH

7	1	3	4	5	6	8	2	9
4	8	9	3	1	2	7	5	6
6	5	2	9	7	8	4	3	1
9	2	1	7	3	4	5	6	8
3	7	6	8	9	5	2	1	4
8	4	5	6	2	1	3	9	7
1	3	7	2	8	9	6	4	5
5	6	8	1	4	3	9	7	2
2	9	4	5	6	7	1	8	3

4	2	5	6	8	9	7	3	1
9	7	8	3	1	5	2	6	4
6	1	3	4	2	7	5	8	9
3	4	6	7	9	2	8	1	5
2	5	7	1	6	8	9	4	3
1	8	9	5	4	3	6	2	7
7	3	2	8	5	4	1	9	6
8	6	4	9	7	1	3	5	2
5	9	1	2	3	6	4	7	8

BARBARA SMITH

Sudoku
BARBARA SMITH

	7	2			3			
3	8	4		1		7	5	9
	9				7			3
9	4	7		3			2	8
5			8		9		3	7
8	2	3	7			6	9	5
7			3				8	
2	3			7		5	6	
			5			3	7	

	6	4			8	1		7
	9		5		3	4		8
	5	8		4				
			4	7			8	
	8	3	6		2		4	
4		6	8			2	9	
8	1	9	2					4
2	3		1	8	4		7	6
	4				9	8	1	2

BARBARA SMITH

1	7	2	9	5	3	8	4	6
3	8	4	2	1	6	7	5	9
6	9	5	4	8	7	2	1	3
9	4	7	6	3	5	1	2	8
5	1	6	8	2	9	4	3	7
8	2	3	7	4	1	6	9	5
7	5	1	3	6	4	9	8	2
2	3	9	1	7	8	5	6	4
4	6	8	5	9	2	3	7	1

3	6	4	9	2	8	1	5	7
7	9	2	5	1	3	4	6	8
1	5	8	7	4	6	3	2	9
9	2	1	4	7	5	6	8	3
5	8	3	6	9	2	7	4	1
4	7	6	8	3	1	2	9	5
8	1	9	2	6	7	5	3	4
2	3	5	1	8	4	9	7	6
6	4	7	3	5	9	8	1	2

Sudoku
BARBARA SMITH

5	1		4		3		2	7
7		9		6		3		4
3	4		7		5		8	1
			2				7	3
4	5	7		3		2		
8	3	2	6	7		1		
	7	3		8	6	5		2
		4		1	7		3	9
			3		2	7		

1		9		3		6		7
	7		9	6			8	5
6		4		7	5		2	
9	1		6	8	7			2
8		7						6
	3	6	4			7	9	8
7				9		8	6	
	6		7	1				3
5		3	8		6		7	

BARBARA SMITH

5	1	8	4	9	3	6	2	7
7	2	9	8	6	1	3	5	4
3	4	6	7	2	5	9	8	1
6	9	1	2	5	8	4	7	3
4	5	7	1	3	9	2	6	8
8	3	2	6	7	4	1	9	5
1	7	3	9	8	6	5	4	2
2	6	4	5	1	7	8	3	9
9	8	5	3	4	2	7	1	6

1	5	9	2	3	8	6	4	7
3	7	2	9	6	4	1	8	5
6	8	4	1	7	5	3	2	9
9	1	5	6	8	7	4	3	2
8	4	7	3	2	9	5	1	6
2	3	6	4	5	1	7	9	8
7	2	1	5	9	3	8	6	4
4	6	8	7	1	2	9	5	3
5	9	3	8	4	6	2	7	1

Sudoku
BARBARA SMITH

9	1	6		4				8
				9	2	6	7	4
7		2	6	5		9		1
1			3	6	7		9	
6					9	7		
	9	7				4	2	6
2	6	9	5		4		8	
			2	8		5	6	9
	5		9		6		4	

		8	5	6	2	7		
4	5	9		7	1	8		
		2	8		4	1	5	
8	2			5	9		3	
7					8			5
5	6		2	1			8	
	3	6	9	8		5		
			1	3	5	6	9	3
	8	5	4	2				

BARBARA SMITH

Sudoku
BARBARA SMITH

9	1	6	7	4	3	2	5	8
5	3	8	1	9	2	6	7	4
7	4	2	6	5	8	9	3	1
1	2	4	3	6	7	8	9	5
6	8	5	4	2	9	7	1	3
3	9	7	8	1	5	4	2	6
2	6	9	5	3	4	1	8	7
4	7	3	2	8	1	5	6	9
8	5	1	9	7	6	3	4	2

3	1	8	5	6	2	7	4	9
4	5	9	3	7	1	8	6	2
6	7	2	8	9	4	1	5	3
8	2	1	7	5	9	4	3	6
7	9	3	6	4	8	2	1	5
5	6	4	2	1	3	9	8	7
1	3	6	9	8	7	5	2	4
2	4	7	1	3	5	6	9	8
9	8	5	4	2	6	3	7	1

BARBARA SMITH

Sudoku
BARBARA SMITH

9			2		6		8	1
	7				3			
	3			9	8		4	7
4	2		9	3				
			5					3
	9	3					2	4
	6		8	1		4	9	
	5					1		
		9	7	2		6		5

			9			5	7	
2	9	7	5	6			3	
			7	8		9		
8	2	9	6	7	5			
5				9	3	8		7
7	4	3		2	8		9	
	7				9			3
3	8	4		5	7		1	
		2				7		9

BARBARA SMITH

Sudoku
BARBARA SMITH

9	4	5	2	7	6	3	8	1
1	7	8	4	5	3	2	6	9
6	3	2	1	9	8	5	4	7
4	2	1	9	3	7	8	5	6
7	8	6	5	4	2	9	1	3
5	9	3	6	8	1	7	2	4
3	6	7	8	1	5	4	9	2
2	5	4	3	6	9	1	7	8
8	1	9	7	2	4	6	3	5

4	6	8	9	3	1	5	7	2
2	9	7	5	6	4	1	3	8
3	5	1	7	8	2	9	6	4
8	2	9	6	7	5	3	4	1
5	1	6	4	9	3	8	2	7
7	4	3	1	2	8	6	9	5
6	7	5	2	1	9	4	8	3
9	8	4	3	5	7	2	1	6
1	3	2	8	4	6	7	5	9

BARBARA SMITH

Sudoku
BARBARA SMITH

	4	2				8		
	3	1	5	9	6		2	4
		9	2	4	8	6	3	
	1	4		5		2	6	
	2		8		4			7
9	8			3	2		4	
2				8	1	4		
1	7		4			9	8	2
4	6			2	7			

9			8		5	7	4	1
5		7		9	4		2	
1			3			9	5	
4	1	2		3		5	6	9
	5	9						
	6		9	5	2		7	
	9	3	5		6			7
6			4				9	5
8		5			9	3	1	6

BARBARA SMITH

6	4	2	1	7	3	8	5	9
8	3	1	5	9	6	7	2	4
7	5	9	2	4	8	6	3	1
3	1	4	7	5	9	2	6	8
5	2	6	8	1	4	3	9	7
9	8	7	6	3	2	1	4	5
2	9	5	3	8	1	4	7	6
1	7	3	4	6	5	9	8	2
4	6	8	9	2	7	5	1	3

9	3	6	8	2	5	7	4	1
5	8	7	1	9	4	6	2	3
1	2	4	3	6	7	9	5	8
4	1	2	7	3	8	5	6	9
7	5	9	6	4	1	8	3	2
3	6	8	9	5	2	1	7	4
2	9	3	5	1	6	4	8	7
6	7	1	4	8	3	2	9	5
8	4	5	2	7	9	3	1	6

	4	2				8		
	3	1	5	9	6		2	4
		9	2	4	8	6	3	
	1	4		5		2	6	
	2		8		4			7
9	8			3	2		4	
2				8	1	4		
1	7		4			9	8	2
4	6			2	7			

9			8		5	7	4	1
5		7		9	4		2	
1			3			9	5	
4	1	2		3		5	6	9
	5	9						
	6		9	5	2		7	
	9	3	5		6			7
6			4				9	5
8		5			9	3	1	6

Sudoku
BARBARA SMITH

6	4	2	1	7	3	8	5	9
8	3	1	5	9	6	7	2	4
7	5	9	2	4	8	6	3	1
3	1	4	7	5	9	2	6	8
5	2	6	8	1	4	3	9	7
9	8	7	6	3	2	1	4	5
2	9	5	3	8	1	4	7	6
1	7	3	4	6	5	9	8	2
4	6	8	9	2	7	5	1	3

9	3	6	8	2	5	7	4	1
5	8	7	1	9	4	6	2	3
1	2	4	3	6	7	9	5	8
4	1	2	7	3	8	5	6	9
7	5	9	6	4	1	8	3	2
3	6	8	9	5	2	1	7	4
2	9	3	5	1	6	4	8	7
6	7	1	4	8	3	2	9	5
8	4	5	2	7	9	3	1	6

BARBARA SMITH

Sudoku
BARBARA SMITH

7	9	2				6	5	8
	8	5	2		6	3		7
	4		7	5				
				8	5		7	
		8	3		7		9	5
5	7	1				8	6	
2	1	4	9	7		5		
6	5		8			1	7	3	2
		7	5		2	9	1	4

1		9	6		2	5	8	
	7	5	3	1				
	3		8	9	5	7	4	1
5	2	4		3	9		1	
					1	3	5	
3	9	1	5			4	2	
	6		1	5	8		9	4
	1							5
9	5			2	7	1		6

BARBARA SMITH

Sudoku
BARBARA SMITH

7	9	2	1	3	4	6	5	8
1	8	5	2	9	6	3	4	7
3	4	6	7	5	8	1	2	9
9	2	3	6	8	5	4	7	1
4	6	8	3	1	7	2	9	5
5	7	1	4	2	9	8	6	3
2	1	4	9	7	3	5	8	6
6	5	9	8	4	1	7	3	2
8	3	7	5	6	2	9	1	4

1	4	9	6	7	2	5	8	3
8	7	5	3	1	4	9	6	2
2	3	6	8	9	5	7	4	1
5	2	4	7	3	9	6	1	8
6	8	7	2	4	1	3	5	9
3	9	1	5	8	6	4	2	7
7	6	3	1	5	8	2	9	4
4	1	2	9	6	3	8	7	5
9	5	8	4	2	7	1	3	6

BARBARA SMITH

Sudoku
BARBARA SMITH

			6		9	3	1	8
4	6		8				5	
		8			3		6	7
5	9	2		8	6		7	
8						6		
	3	6	4	1	2		8	
3	8		1			5		6
		4		6	7	8	2	
6		9			8	7	4	1

		8	3			6		7
3		7	9		6	2	8	
	6		8		2		5	3
8	3		4	6	7		9	
	1	9			8	3		6
7		6			3	5		
5		3		8	9		6	1
			6	1	3			
6			7	3		4		9

BARBARA SMITH

2	7	5	6	4	9	3	1	8
4	6	3	8	7	1	2	5	9
9	1	8	2	5	3	4	6	7
5	9	2	3	8	6	1	7	4
8	4	1	7	9	5	6	3	2
7	3	6	4	1	2	9	8	5
3	8	7	1	2	4	5	9	6
1	5	4	9	6	7	8	2	3
6	2	9	5	3	8	7	4	1

2	9	8	3	5	4	6	1	7
3	5	7	9	1	6	2	8	4
1	6	4	8	7	2	9	5	3
8	3	5	4	6	7	1	9	2
4	1	9	5	2	8	3	7	6
7	2	6	1	9	3	5	4	8
5	4	3	2	8	9	7	6	1
9	7	2	6	4	1	8	3	5
6	8	1	7	3	5	4	2	9

Sudoku
BARBARA SMITH

1		5				2		7
	3	2		7	1		6	5
		7	2			1	8	
2				1	8	5	9	6
9	1	8		2	5	3		
			3	4	9	8	1	2
3				9			2	1
	2	1	4	8		9	5	
7			1		2			

7			8	4	2		9	
		9	1	3		6	7	5
	3	6	7		9	8		
	6		2	1		7	5	9
9	7							8
	2		9	8	7		3	
	9	2		7	4	1	8	
4	6	7		3	1			
			6	2	9			7

BARBARA SMITH

1	9	5	8	6	4	2	3	7
8	3	2	9	7	1	4	6	5
4	6	7	2	5	3	1	8	9
2	4	3	7	1	8	5	9	6
9	1	8	6	2	5	3	7	4
5	7	6	3	4	9	8	1	2
3	8	4	5	9	6	7	2	1
6	2	1	4	8	7	9	5	3
7	5	9	1	3	2	6	4	8

7	5	8	4	2	6	3	9	1
2	4	9	1	3	8	6	7	5
1	3	6	7	5	9	8	2	4
8	6	4	2	1	3	7	5	9
9	7	3	6	4	5	2	1	8
5	2	1	9	8	7	4	3	6
6	9	2	5	7	4	1	8	3
4	8	7	3	9	1	5	6	2
3	1	5	8	6	2	9	4	7

Sudoku
BARBARA SMITH

	3	5	2	1	7	8		9
4		9				2		1
	1	2	9				6	
	2			9	6	4		5
9	5			8	2	7	1	
			4		1	9	2	
	9			2				8
2		7	6		9			
5	4				8	6	9	2

5	1		4	3		7		8
		9	2	8		4		1
6	8	4			1			
			8			1	3	6
2		8	1		3	9		
7		1		5	9	8		2
9			3		8		1	
8	5	6	8	1	2	3	7	
1					4		8	9

BARBARA SMITH

Sudoku
BARBARA SMITH

6	3	5	2	1	7	8	4	9
4	7	9	8	6	5	2	3	1
8	1	2	9	4	3	5	6	7
3	2	1	7	9	6	4	8	5
9	5	4	3	8	2	7	1	6
7	6	8	4	5	1	9	2	3
1	9	6	5	2	4	3	7	8
2	8	7	6	3	9	1	5	4
5	4	3	1	7	8	6	9	2

5	1	2	4	3	6	7	9	8
3	7	9	2	8	5	4	6	1
6	8	4	7	9	1	5	2	3
4	9	5	8	2	7	1	3	6
2	6	8	1	4	3	9	5	7
7	3	1	6	5	9	8	4	2
9	4	7	3	6	8	2	1	5
8	5	6	9	1	2	3	7	4
1	2	3	5	7	4	6	8	9

BARBARA SMITH

Sudoku
BARBARA SMITH

Puzzle 1

			2	6	9	1	4
2	7		8		1		3	6
6	1	4	9					2
7		1		6		8	2	
	2	8	3		5	6	9	
	6		2	8			5	
	4	2		7			6	
	8		6		2	3		
	9	6				2		8

Puzzle 2

			9		2		8	
9		2	8	7			5	4
	8	1		3	6	2		9
3	2			8	4	9	1	5
4		7		6	9	8		3
1	9	8	5				4	7
2		5	6	9	8	7		
8	7	6	1		4			
			2				9	8

BARBARA SMITH

Sudoku
BARBARA SMITH

8	3	5	7	2	6	9	1	4
2	7	9	8	4	1	5	3	6
6	1	4	9	5	3	7	8	2
7	5	1	4	6	9	8	2	3
4	2	8	3	1	5	6	9	7
9	6	3	2	8	7	4	5	1
3	4	2	5	7	8	1	6	9
1	8	7	6	9	2	3	4	5
5	9	6	1	3	4	2	7	8

7	3	4	9	5	2	1	8	6
9	6	2	8	7	1	3	5	4
5	8	1	4	3	6	2	7	9
3	2	6	7	8	4	9	1	5
4	5	7	1	6	9	8	2	3
1	9	8	5	2	3	6	4	7
2	4	5	6	9	8	7	3	1
8	7	9	3	1	5	4	6	2
6	1	3	2	4	7	5	9	8

BARBARA SMITH

Sudoku
BARBARA SMITH

1	9	4		6	7		2	
	8		9		1	5	6	4
6	2	5			3	1	9	
			1			9	4	8
4	1	8	2	9			7	
	5	9	4	7		6	1	
9		6	7			2		1
5		1						9
		2		1	9	7		

6	3	9		1		2	4	5
5		2	3	6		7		8
8	7	1		2		3		6
				7			6	3
7	6	3	9	8		4		2
	2	4	6	5	3	8		
		8	2	9	6	1	3	
				4	7			
				3		6		

BARBARA SMITH

Sudoku
BARBARA SMITH

1	9	4	5	6	7	8	2	3
7	8	3	9	2	1	5	6	4
6	2	5	8	4	3	1	9	7
2	6	7	1	3	5	9	4	8
4	1	8	2	9	6	3	7	5
3	5	9	4	7	8	6	1	2
9	3	6	7	5	4	2	8	1
5	7	1	6	8	2	4	3	9
8	4	2	3	1	9	7	5	6

6	3	9	7	1	8	2	4	5
5	4	2	3	6	9	7	1	8
8	7	1	5	2	4	3	9	6
1	8	5	4	7	2	9	6	3
7	6	3	9	8	1	4	5	2
9	2	4	6	5	3	8	7	1
4	5	8	2	9	6	1	3	7
3	1	6	8	4	7	5	2	9
2	9	7	1	3	5	6	8	4

BARBARA SMITH

Puzzle 1

2	4		8					3
8	3	9	4		2		7	
			9	5	3	8	2	
	9		3	8	5			
	5		2		9	3	6	8
3	8				6		5	7
7		8		9			3	
	1	3					8	
			3	8	7			5

Puzzle 2

	1	5			4		2	6
		9		1	8	5	3	4
2		4		7	6	8	1	
4				8			9	1
9			3	2	1	4		8
	8	1		4				
		6	4	9		1		7
1	4	2	0		0			
7	9		1			2	4	

Sudoku
BARBARA SMITH

2	4	5	8	6	7	1	9	3
8	3	9	4	1	2	5	7	6
1	7	6	9	5	3	8	2	4
6	9	7	3	8	5	2	4	1
4	5	1	2	7	9	3	6	8
3	8	2	1	4	6	9	5	7
7	6	8	5	9	1	4	3	2
5	1	3	7	2	4	6	8	9
9	2	4	6	3	8	7	1	5

8	1	5	9	3	4	7	2	6
6	7	9	2	1	8	5	3	4
2	3	4	5	7	6	8	1	9
4	2	3	7	8	5	6	9	1
9	6	7	3	2	1	4	5	8
5	8	1	6	4	9	3	7	2
3	5	6	4	9	2	1	8	7
1	4	2	8	5	7	9	6	3
7	9	8	1	6	3	2	4	5

BARBARA SMITH

Puzzle 1

2						8	9	7
9			7		8	4	1	2
	7	8	1	9				6
	8			1			7	
		7	3	2	4	9		8
	9		8	7				
7				8	6	2		
5	3	1			7		8	9
8	2	6				7		5

Puzzle 2

	7		8		2	3		9
	2	8	1		6			
		1	4			8	6	2
9	4		2		8	6		
8			3		9		2	
2		3			5		4	8
1		2		8		7		6
4	9		6		7	2	5	1
7		5		2			8	3

Sudoku
BARBARA SMITH

2	1	5	4	6	3	8	9	7
9	6	3	7	5	8	4	1	2
4	7	8	1	9	2	3	5	6
3	8	2	6	1	9	5	7	4
1	5	7	3	2	4	9	6	8
6	9	4	8	7	5	1	2	3
7	4	9	5	8	6	2	3	1
5	3	1	2	4	7	6	8	9
8	2	6	9	3	1	7	4	5

6	7	4	8	5	2	3	1	9
3	2	8	1	9	6	5	7	4
5	9	1	4	7	3	8	6	2
9	4	7	2	1	8	6	3	5
8	5	6	3	4	9	1	2	7
2	1	3	7	6	5	9	4	8
1	3	2	5	8	4	7	9	6
4	8	9	6	3	7	2	5	1
7	6	5	9	2	1	4	8	3

BARBARA SMITH

Sudoku
BARBARA SMITH

8		7	3	1	6		9	
6	9			5	7	4		
		3			9	7		6
	6			9		5	7	2
9	7							
4	1	2	7	6		9	3	
1			5	7		3		9
7		9		2				4
			9	4	1	8		7

	4			9			2	5
3		1	2	5		9		4
5	9	2					7	
2		9			4		6	
1			9	8		2		
7			6	2	1		9	8
8	2		4	7	9			6
9	1		5			8		2

BARBARA SMITH

Sudoku
BARBARA SMITH

8	4	7	3	1	6	2	9	5
6	9	1	2	5	7	4	8	3
2	5	3	4	8	9	7	1	6
3	6	8	1	9	4	5	7	2
9	7	5	8	3	2	6	4	1
4	1	2	7	6	5	9	3	8
1	2	4	5	7	8	3	6	9
7	8	9	6	2	3	1	5	4
5	3	6	9	4	1	8	2	7

6	4	8	3	9	7	1	2	5
3	7	1	2	5	6	9	8	4
5	9	2	1	4	8	6	7	3
2	8	9	7	3	4	5	6	1
1	6	4	9	8	5	2	3	7
7	5	3	6	2	1	4	9	8
8	2	5	4	7	9	3	1	6
4	3	6	8	1	2	7	5	9
9	1	7	5	6	3	8	4	2

BARBARA SMITH

5				6	9	4	1	2
2	3	6	1		8		7	5
4	1	9	2	5		6		
	6			8	5			
	9		6		3	8	5	
	5	8				1	6	7
8		5				2	9	6
6		3	5		2		8	
			7	6	5	4		

5			4			7		
2	7			3		4	6	5
	4		7		5		8	
8	2			5		6	9	4
4			8		9	5		3
9	5	3			4		2	8
	9	4	5		3			
	6	5	1			4	3	
		2		4	7		5	

Sudoku
BARBARA SMITH

5	8	7	3	6	9	4	1	2
2	3	6	1	4	8	9	7	5
4	1	9	2	5	7	6	3	8
1	6	4	7	8	5	3	2	9
7	9	2	6	1	3	8	5	4
3	5	8	9	2	4	1	6	7
8	7	5	4	3	1	2	9	6
6	4	3	5	9	2	7	8	1
9	2	1	8	7	6	5	4	3

5	6	8	4	9	2	7	3	1
2	7	9	1	3	8	4	6	5
3	4	1	7	6	5	9	8	2
8	2	7	3	5	1	6	9	4
4	1	6	8	2	9	5	7	3
9	5	3	6	7	4	1	2	8
6	9	4	5	8	3	2	1	7
7	8	5	2	1	6	3	4	9
1	3	2	9	4	7	8	5	6

BARBARA SMITH

Sudoku
BARBARA SMITH

9		3			2		7	
			6		1			
8	6				4	1		
6		7						1
1	5		7		6		2	4
3						5		7
		6	2				4	9
			9		3			
	4		5			3		8

5	1		4	7	9		2	3
3		7		6		9		4
9	4				5	7	8	1
	7		2					9
4	5			9	7	2		
8	9	2	6	3		1	7	
		9	7	8	6	5		2
		4		1			9	7
7			9		2			

BARBARA SMITH

Sudoku
BARBARA SMITH

9	1	3	8	5	2	4	7	6
4	7	5	6	9	1	2	8	3
8	6	2	3	7	4	1	9	5
6	9	7	4	2	5	8	3	1
1	5	8	7	3	6	9	2	4
3	2	4	1	8	9	5	6	7
5	3	6	2	1	8	7	4	9
7	8	1	9	4	3	6	5	2
2	4	9	5	6	7	3	1	8

5	1	8	4	7	9	6	2	3
3	2	7	8	6	1	9	5	4
9	4	6	3	2	5	7	8	1
6	7	1	2	5	8	4	3	9
4	5	3	1	9	7	2	6	8
8	9	2	6	3	4	1	7	5
1	3	9	7	8	6	5	4	2
2	6	4	5	1	3	8	9	7
7	8	5	9	4	2	3	1	6

BARBARA SMITH

Sudoku
BARBARA SMITH

8	2		7		9	6		5
				5		1	8	7
7	1			6	8	4	9	
	7		9	3		8	2	4
5			8	7				3
9	3	8	4	2		7		
	9	7		3			4	8
		3		8	7			
2	8	6	9				7	1

8	5			6			7	
7						2		
1	2	9		3	8	4		
					2		9	
2		1	6	4	9	5	8	7
				7		6		
6	7	2			1	8	4	
		4		6				
	8	5		9			2	

BARBARA SMITH

Sudoku
BARBARA SMITH

8	2	4	7	1	9	6	3	5
3	6	9	2	5	4	1	8	7
7	1	5	3	6	8	4	9	2
6	7	1	5	9	3	8	2	4
5	4	2	8	7	6	9	1	3
9	3	8	4	2	1	7	5	6
1	9	7	6	3	2	5	4	8
4	5	3	1	8	7	2	6	9
2	8	6	9	4	5	3	7	1

8	5	3	2	6	4	9	7	1
7	4	6	9	1	5	2	3	8
1	2	9	7	3	8	4	6	5
5	6	7	1	8	2	3	9	4
2	3	1	6	4	9	5	8	7
4	9	8	5	7	3	6	1	2
6	7	2	3	5	1	8	4	9
9	1	4	8	2	6	7	5	3
3	8	5	4	9	7	1	2	6

BARBARA SMITH

Sudoku
BARBARA SMITH

	5			7		3		
2	3	4		8	9		5	7
		8	6	3	5	4	2	
	6	1	5	9	2	8	3	
9		3	7	4		5		6
		5	3	6				
3	4	2		1		9		5
8		7		5		2		3
5		6		2	3	1	7	8

8	2	1			9			4
	7				4	8	9	2
4		6		7	2		5	
	4		7	6		2		
2	6	5	9	4			8	
		9	3	2		5	4	6
		4	2		7	6		
1		2	4					5
		7	1			4	2	

BARBARA SMITH

Puzzle 1

6	5	9	2	7	4	3	8	1
2	3	4	1	8	9	6	5	7
1	7	8	6	3	5	4	2	9
7	6	1	5	9	2	8	3	4
9	2	3	7	4	8	5	1	6
4	8	5	3	6	1	7	9	2
3	4	2	8	1	7	9	6	5
8	1	7	9	5	6	2	4	3
5	9	6	4	2	3	1	7	8

Puzzle 2

8	2	1	5	3	9	7	6	4
5	7	3	6	1	4	8	9	2
4	9	6	8	7	2	1	5	3
3	4	8	7	6	5	2	1	9
2	6	5	9	4	1	3	8	7
7	1	9	3	2	8	5	4	6
9	8	4	2	5	7	6	3	1
1	3	2	4	8	6	9	7	5
6	5	7	1	9	3	4	2	8

Puzzle 1

5			4	3	7	6		1
	6	9	2			4	7	8
7	1	4	6					
					6	8	3	7
2	7	1			3	9		6
6		8	7	5	9			2
9		6	3	7				
	5	7	9		2	3	6	
				6	4	7		9

Puzzle 2

8		3			5		4	
			3		9			
9	4				2	6		
7		5						3
4	2		6		7		5	1
1						7		6
		1	4				6	8
			4	6				
	7		2			3		9

Sudoku
BARBARA SMITH

5	8	2	4	3	7	6	9	1
3	6	9	2	1	5	4	7	8
7	1	4	6	9	8	5	2	3
4	9	5	1	2	6	8	3	7
2	7	1	8	4	3	9	5	6
6	3	8	7	5	9	1	4	2
9	4	6	3	7	1	2	8	5
1	5	7	9	8	2	3	6	4
8	2	3	5	6	4	7	1	9

8	1	3	7	6	5	9	4	2
2	5	6	3	4	9	1	8	7
9	4	7	8	1	2	6	3	5
7	6	5	9	8	1	4	2	3
4	2	9	6	3	7	8	5	1
1	3	8	5	2	4	7	9	6
5	9	1	4	7	3	2	6	8
3	8	2	1	9	6	5	7	4
6	7	4	2	5	8	3	1	9

BARBARA SMITH

Sudoku
BARBARA SMITH

3		5	4	6		7	1	8
		1	3				4	6
4		6	1	7	8		9	
7	3		8	9		4		1
6	1	8		4				
	4	9	2		1		8	7
1				2		5	6	4
			5	8	4	1		9
9		4	6	1	7		3	

6	2	5	7		3	9		8
8	7				9	5	6	4
		4		6	8	7	2	
7		2			1	8		
5	8			7				1
		6	8			2	7	
	5		4	8	7	6		
4	3	7	2				8	
		8	9			1	4	7

BARBARA SMITH

3	9	5	4	6	2	7	1	8
8	7	1	3	5	9	2	4	6
4	2	6	1	7	8	3	9	5
7	3	2	8	9	6	4	5	1
6	1	8	7	4	5	9	2	3
5	4	9	2	3	1	6	8	7
1	8	7	9	2	3	5	6	4
2	6	3	5	8	4	1	7	9
9	5	4	6	1	7	8	3	2

6	2	5	7	4	3	9	1	8
8	7	3	1	2	9	5	6	4
9	1	4	5	6	8	7	2	3
7	4	2	3	9	1	8	5	6
5	8	9	6	7	2	4	3	1
1	3	6	8	5	4	2	7	9
3	5	1	4	8	7	6	9	2
4	9	7	2	1	6	3	8	5
2	6	8	9	3	5	1	4	7

BARBARA SMITH

Sudoku
BARBARA SMITH

	6	1		9	8	2		
9	8		7	4	2	3		6
	2			6				8
5	4	8	2	1		9		
2		7				8		5
		6		8		1	7	2
			8	7			2	
8		4		2	9			7
		2	6	5		4	8	

9	1	7	8	2	4		3	5
					1	2		4
4	2			6			1	
	4	6	2		5			
	8	9	7	1		4	5	2
2		1	4	9				
	9	2			8		4	
6		4			2			7
		8	6	4	9	5	2	

Sudoku
BARBARA SMITH

7	6	1	3	9	8	2	5	4
9	8	5	7	4	2	3	1	6
4	2	3	5	6	1	7	9	8
5	4	8	2	1	7	9	6	3
2	1	7	9	3	6	8	4	5
3	9	6	4	8	5	1	7	2
6	3	9	8	7	4	5	2	1
8	5	4	1	2	9	6	3	7
1	7	2	6	5	3	4	8	9

9	1	7	8	2	4	6	3	5
8	6	5	9	3	1	2	7	4
4	2	3	5	6	7	8	1	9
7	4	6	2	8	5	3	9	1
3	8	9	7	1	6	4	5	2
2	5	1	4	9	3	7	6	8
5	9	2	3	7	8	1	4	6
6	3	4	1	5	2	9	8	7
1	7	8	6	4	9	5	2	3

BARBARA SMITH

Sudoku
BARBARA SMITH

				3	8	7		5
	1	3					8	
7		8		9			3	
			9	5	3	8	2	
8	3	9	4		2		7	
2	4		8					3
3	8				6		5	7
	5		2		9	3	6	8
	9		3	8	5			

8		3		2	5		4	6
6		2	3		9			
9	4				6	2		
7	2	5					6	3
4	6		2		7		5	1
1				6		7		2
		1	4			6	2	8
		6	1		2			
2	7		6			3		9

BARBARA SMITH

9	2	4	6	3	8	7	1	5
5	1	3	7	2	4	6	8	9
7	6	8	5	9	1	4	3	2
1	7	6	9	5	3	8	2	4
8	3	9	4	1	2	5	7	6
2	4	5	8	6	7	1	9	3
3	8	2	1	4	6	9	5	7
4	5	1	2	7	9	3	6	8
6	9	7	3	8	5	2	4	1

8	1	3	7	2	5	9	4	6
6	5	2	3	4	9	1	8	7
9	4	7	8	1	6	2	3	5
7	2	5	9	8	1	4	6	3
4	6	9	2	3	7	8	5	1
1	3	8	5	6	4	7	9	2
5	9	1	4	7	3	6	2	8
3	8	6	1	9	2	5	7	4
2	7	4	6	5	8	3	1	9

Sudoku
BARBARA SMITH

	3		6		7	9	1	5
		9	1	8	5			
1	6	5		2		4		
	8	7	2			1	5	9
				5	1	6		8
5	1	4	8	9		7	3	
	9	1		7	8	5		6
	5	6	3	1				
7		8	5	6		3		1

6	4		7	9		2		
8			6	1	2	9	4	
1	9				4	6		7
4	1			8	6			
3	2	6	9	4				8
	8					4	9	6
	7	4	2			8	6	
	6	8	4		9	5	3	1
				6	5		2	4

BARBARA SMITH

Sudoku
BARBARA SMITH

8	3	2	6	4	7	9	1	5
4	7	9	1	8	5	2	6	3
1	6	5	9	2	3	4	8	7
6	8	7	2	3	4	1	5	9
9	2	3	7	5	1	6	4	8
5	1	4	8	9	6	7	3	2
3	9	1	4	7	8	5	2	6
2	5	6	3	1	9	8	7	4
7	4	8	5	6	2	3	9	1

6	4	3	7	9	8	2	1	5
8	5	7	6	1	2	9	4	3
1	9	2	3	5	4	6	8	7
4	1	9	5	8	6	3	7	2
3	2	6	9	4	7	1	5	8
7	8	5	1	2	3	4	9	6
5	7	4	2	3	1	8	6	9
2	6	8	4	7	9	5	3	1
9	3	1	8	6	5	7	2	4

BARBARA SMITH

	7	9	8	3	5			
	5		2	9	7	8	6	
					6	7	5	9
9		3		7				
	1		9				3	7
7				8		9		5
2	4		3		9		7	
	8	7	4		2		9	
	9		7	5	8		2	

	4	9	3		6		5	
	3	5		8	2	9		
	8		4	9	5	6	3	2
3	2	4				7		9
9		7	6					3
			7	3	9			1
1	9	6		5	3	2		7
4	7	3	2	6			0	
8			9	4		3	1	

BARBARA SMITH

Sudoku
BARBARA SMITH

6	7	9	8	3	5	2	4	1
4	5	1	2	9	7	8	6	3
8	3	2	1	4	6	7	5	9
9	6	3	5	7	1	4	8	2
5	1	8	9	2	4	6	3	7
7	2	4	6	8	3	9	1	5
2	4	5	3	6	9	1	7	8
3	8	7	4	1	2	5	9	6
1	9	6	7	5	8	3	2	4

2	4	9	3	7	6	1	5	8
6	3	5	1	8	2	9	7	4
7	8	1	4	9	5	6	3	2
3	2	4	5	1	8	7	6	9
9	1	7	6	2	4	5	8	3
5	6	8	7	3	9	4	2	1
1	9	6	8	5	3	2	4	7
4	7	3	2	6	1	8	9	5
8	5	2	9	4	7	3	1	6

BARBARA SMITH

Sudoku
BARBARA SMITH

8				4	2	9	5	6
5		6	7				2	
	9	2		5		8		
1	2	4					9	5
9	8			2	5		1	7
6	5					2		4
		5		1			6	2
2			5		4	1		
7	1	9	2	3		5		8

5				8	7			2
	8	9		1			5	4
				5	3		9	8
	2	5			8	9	4	3
		3	5		9	8		
6	9	8				5	2	
	5		7				8	
6	6		3	5	2	7		
7			8					5

BARBARA SMITH

Sudoku
BARBARA SMITH

8	7	1	3	4	2	9	5	6
5	3	6	7	8	9	4	2	1
4	9	2	6	5	1	8	7	3
1	2	4	8	6	7	3	9	5
9	8	3	4	2	5	6	1	7
6	5	7	1	9	3	2	8	4
3	4	5	9	1	8	7	6	2
2	6	8	5	7	4	1	3	9
7	1	9	2	3	6	5	4	8

5	4	6	9	8	7	1	3	2
3	8	9	2	1	6	7	5	4
2	1	7	4	5	3	6	9	8
1	2	5	6	7	8	9	4	3
4	7	3	5	2	9	8	1	6
6	9	8	3	4	1	5	2	7
9	5	2	7	6	4	3	8	1
8	6	4	1	3	5	2	7	9
7	3	1	8	9	2	4	6	5

BARBARA SMITH

	1				5	6		7
	7	2		3	6		1	5
6				1	7		8	
	2	8	6			5	9	1
1	6	5	9		8	3		
3	4	9			1	8	2	6
	9	1	3				6	
4	8		1	6		9	5	
2		6	7			1		

3		4	7	6		1		9
			3	1	4			
5	1	6		8	9			4
4	3	1	8		2		5	6
6		7	9	4		2	8	1
		8			1		4	7
7			4			5	1	
8	6		1		7	4	9	

8	1	4	2	9	5	6	3	7
9	7	2	8	3	6	4	1	5
6	5	3	4	1	7	2	8	9
7	2	8	6	4	3	5	9	1
1	6	5	9	2	8	3	7	4
3	4	9	5	7	1	8	2	6
5	9	1	3	8	4	7	6	2
4	8	7	1	6	2	9	5	3
2	3	6	7	5	9	1	4	8

3	8	4	7	6	5	1	2	9
9	7	2	3	1	4	8	6	5
5	1	6	2	8	9	7	3	4
4	3	1	8	7	2	9	5	6
6	5	7	9	4	3	2	8	1
2	9	8	6	5	1	3	4	7
7	2	3	4	9	6	5	1	8
1	4	9	5	2	8	6	7	3
8	6	5	1	3	7	4	9	2

Sudoku
BARBARA SMITH

					7	2	6	
9	8	4				1	7	
2				8	1	4		
	2			3		9	8	
		7	8					
	6			5			1	2
6	3				8			9
			5	9	6		3	1
8							2	4

		4		9	2	1	7	3
				4	7	8		2
1	2	7			5		4	
7			2		6	5		4
3	4		7	1	8		6	
6		2	4					7
2				7	4		9	
4	5					7		1
8	7					4	3	5

BARBARA SMITH

Sudoku
BARBARA SMITH

5	1	3	9	4	7	2	6	8
9	8	4	2	6	5	1	7	3
2	7	6	3	8	1	4	9	5
1	2	5	6	3	4	9	8	7
3	9	7	8	1	2	5	4	6
4	6	8	7	5	9	3	1	2
6	3	1	4	2	8	7	5	9
7	4	2	5	9	6	8	3	1
8	5	9	1	7	3	6	2	4

5	8	4	6	9	2	1	7	3
9	6	3	1	4	7	8	5	2
1	2	7	3	8	5	9	4	6
7	9	8	2	3	6	5	1	4
3	4	5	7	1	8	2	6	9
6	1	2	4	5	9	3	8	7
2	3	1	5	7	4	6	9	8
4	5	9	8	6	3	7	2	1
8	7	6	9	2	1	4	3	5

BARBARA SMITH

Sudoku
BARBARA SMITH

	6			5	8		9	7
		7			9			2
8	3	9	7	2	1			4
2			9				7	
7	4	6	1		2	9	8	5
	9			7				6
1			2	9	6	7	4	8
6			4		7			9
9	7		5	8			2	

			1	9		2	7	
8		1	4	7	2	9		
7	9				6			1
	7			8			1	
3	2	4	9		1	7		8
1	8		7				9	
	1	6	2		7	8		
		8		1	9	5	3	7
		7			5	1	2	6

BARBARA SMITH

Sudoku
BARBARA SMITH

Grid 1

4	6	2	3	5	8	1	9	7
5	1	7	6	4	9	8	3	2
8	3	9	7	2	1	5	6	4
2	8	1	9	6	5	4	7	3
7	4	6	1	3	2	9	8	5
3	9	5	8	7	4	2	1	6
1	5	3	2	9	6	7	4	8
6	2	8	4	1	7	3	5	9
9	7	4	5	8	3	6	2	1

Grid 2

4	6	3	1	9	8	2	7	5
8	5	1	4	7	2	9	6	3
7	9	2	3	5	6	4	8	1
6	7	9	5	8	4	3	1	2
3	2	4	9	6	1	7	5	8
1	8	5	7	2	3	6	9	4
5	1	6	2	3	7	8	4	9
2	4	8	6	1	9	5	3	7
9	3	7	8	4	5	1	2	6

BARBARA SMITH

Puzzle 1:

			9	4	1	8		7
7		9		2				4
1			5	7		3		9
4	1	2	7	6		9	3	
9	7							
	6			9		5	7	2
		3			9	7		6
6	9			5	7	4		
8		7	3	1	6		9	

Puzzle 2:

2	7		6		5			9
			1	2		7	5	
8	1		4	9	7		6	2
			2	7	4		9	3
5		7			3	2		
9	3	2				4	7	
	9	8		4	2		3	7
		3	7			2		
7	2	6		8	1	9		

Sudoku
BARBARA SMITH

5	3	6	9	4	1	8	2	7
7	8	9	6	2	3	1	5	4
1	2	4	5	7	8	3	6	9
4	1	2	7	6	5	9	3	8
9	7	5	8	3	2	6	4	1
3	6	8	1	9	4	5	7	2
2	5	3	4	8	9	7	1	6
6	9	1	2	5	7	4	8	3
8	4	7	3	1	6	2	9	5

2	7	4	6	3	5	8	1	9
3	6	9	1	2	8	7	5	4
8	1	5	4	9	7	3	6	2
6	8	1	2	7	4	5	9	3
5	4	7	9	1	3	2	8	6
9	3	2	8	5	6	4	7	1
1	9	8	5	4	2	6	3	7
4	5	3	7	6	9	1	2	8
7	2	6	3	8	1	9	4	5

BARBARA SMITH

Sudoku
BARBARA SMITH

9			1	8	3	2		6
3	7							1
	1			4	7	3	9	8
4	2	3				9	1	
				3	1	5		
	9	1		2	4			3
1	6		4	9		8	3	
	5		3			1		
	3	9	6	1	5	7	2	

7	3	5	9	4		8		
4		1		5	8	9		
	8	9	2				4	7
	9	4	6		2			8
	6	8	3	7			1	9
5				8	9	2		6
8	7		1	2			9	5
6		2	8			7		
1	4	3		9			8	2

BARBARA SMITH

Sudoku
BARBARA SMITH

9	4	5	1	8	3	2	7	6
3	7	8	2	6	9	4	5	1
6	1	2	5	4	7	3	9	8
4	2	3	8	5	6	9	1	7
7	8	6	9	3	1	5	4	2
5	9	1	7	2	4	6	8	3
1	6	7	4	9	2	8	3	5
2	5	4	3	7	8	1	6	9
8	3	9	6	1	5	7	2	4

7	3	5	9	4	6	8	2	1
4	2	1	7	5	8	9	6	3
6	8	9	2	3	1	5	4	7
3	9	4	6	1	2	7	5	8
2	6	8	3	7	5	4	1	9
5	1	7	4	8	9	2	3	6
8	7	6	1	2	4	3	9	5
9	5	2	8	6	3	1	7	4
1	4	3	5	9	7	6	8	2

BARBARA SMITH

Puzzle 1:

		5						7
3		6	8			9	1	
	9		7		4		6	8
6	5		2		8		3	
	8	2			9	7		6
7						8		
9		4		6	7			3
			1		3			
1			9	8		6		5

Puzzle 2:

4	1		5			8	2	9
2		6		1	9			4
8			2	7	4			6
5	4			2			7	
3		1		5		4		2
	2			4				5
7			6	9	1	2	4	8
1		2	4	3		3		
9		4			2		6	

Sudoku
BARBARA SMITH

8	4	5	6	9	1	3	2	7
3	7	6	8	2	5	9	1	4
2	9	1	7	3	4	5	6	8
6	5	9	2	7	8	4	3	1
4	8	2	3	1	9	7	5	6
7	1	3	4	5	6	8	9	2
9	2	4	5	6	7	1	8	3
5	6	8	1	4	3	2	7	9
1	3	7	9	8	2	6	4	5

4	1	7	5	6	3	8	2	9
2	3	6	8	1	9	7	5	4
8	9	5	2	7	4	3	1	6
5	4	9	1	2	8	6	7	3
3	7	1	9	5	6	4	8	2
6	2	8	3	4	7	1	9	5
7	5	3	6	9	1	2	4	8
1	6	2	4	8	5	9	3	7
9	8	4	7	3	2	5	6	1

BARBARA SMITH

Sudoku
BARBARA SMITH

				6		2		7
9	7		2	4		3		6
2	6	1		9	7	8		
	2	8	6	5		4	7	
7		4		8	9			2
			7	2				
		6		7		1	2	8
8		2				7		5
5	4	7		1	2	9		

2		6	5	8	9			1
		5	3		1			2
3			7	6	2	4	5	9
8	6	2	4		7		9	5
	1	9	2	5	8	6		3
7	5					2		
5		8		2				7
6	2	7	9			5	9	
	3		8		5		2	6

BARBARA SMITH

Sudoku
BARBARA SMITH

4	8	3	5	6	1	2	9	7
9	7	5	2	4	8	3	1	6
2	6	1	3	9	7	8	5	4
1	2	8	6	5	3	4	7	9
7	5	4	1	8	9	6	3	2
6	3	9	7	2	4	5	8	1
3	9	6	4	7	5	1	2	8
8	1	2	9	3	6	7	4	5
5	4	7	8	1	2	9	6	3

2	4	6	5	8	9	7	3	1
9	7	5	3	4	1	8	6	2
3	8	1	7	6	2	4	5	9
8	6	2	4	3	7	1	9	5
4	1	9	2	5	8	6	7	3
7	5	3	1	9	6	2	4	8
5	9	8	6	2	4	3	1	7
6	2	7	9	1	3	5	8	4
1	3	4	8	7	5	9	2	6

BARBARA SMITH

Sudoku
BARBARA SMITH

Puzzle 1

7	2	6	9				8	1
		3		2		7		
	9	8		3	7		4	2
9	3	2	4	7				
5		7	2					3
				9	3	2	7	4
8	1			6	2	4	9	7
			7	5		1	2	
2	7				9	6		5

Puzzle 2

2			9	6	5	8		7
	6	9	3			1	5	2
5	3	8				6		
		6				4	1	5
8	5	4	6		2	9		
1		7	5	3	4			6
9		5	4		6			
	7	3	2		9	5	6	
6				5	3			9

BARBARA SMITH

Sudoku
BARBARA SMITH

7	2	6	9	4	5	3	8	1
4	5	3	1	2	8	7	6	9
1	9	8	6	3	7	5	4	2
9	3	2	4	7	1	8	5	6
5	4	7	2	8	6	9	1	3
6	8	1	5	9	3	2	7	4
8	1	5	3	6	2	4	9	7
3	6	9	7	5	4	1	2	8
2	7	4	8	1	9	6	3	5

2	4	1	9	6	5	8	3	7
7	6	9	3	4	8	1	5	2
5	3	8	7	2	1	6	9	4
3	2	6	8	9	7	4	1	5
8	5	4	6	1	2	9	7	3
1	9	7	5	3	4	2	8	6
9	1	5	4	7	6	3	2	8
4	7	3	2	8	9	5	6	1
6	8	2	1	5	3	7	4	9

BARBARA SMITH

Sudoku
BARBARA SMITH

9	7	1		6			5	8
		2		9	1			7
		4	8	3		1	2	9
	1		2		9			
7	8	5	1	4	6	9		2
	9	6		7			1	
1	4	8	9			2	7	6
			6			4	9	1
	2	9		1		5	8	

8	4		7			9	3	5
9	5	7				4		1
2				4	9		7	
6		2	9		7			4
3	9			1	8		6	7
	7		2		6	5		9
1	2				5	7	9	
7								2
		9		7	2	1	4	3

BARBARA SMITH

Sudoku
BARBARA SMITH

9	7	1	4	6	2	3	5	8
8	3	2	5	9	1	6	4	7
5	6	4	8	3	7	1	2	9
4	1	3	2	8	9	7	6	5
7	8	5	1	4	6	9	3	2
2	9	6	3	7	5	8	1	4
1	4	8	9	5	3	2	7	6
3	5	7	6	2	8	4	9	1
6	2	9	7	1	4	5	8	3

8	4	6	7	2	1	9	3	5
9	5	7	8	6	3	4	2	1
2	3	1	5	4	9	6	7	8
6	1	2	9	5	7	3	8	4
3	9	5	4	1	8	2	6	7
4	7	8	2	3	6	5	1	9
1	2	4	3	8	5	7	9	6
7	6	3	1	9	4	8	5	2
5	8	9	6	7	2	1	4	3

BARBARA SMITH

Sudoku
BARBARA SMITH

7	1	2	5			8		9
		6		1	9	2		7
8			4	2	7			6
2			6	9	1		7	8
1			7	8		9		2
9		7	2		4		6	
5	7						2	
3	2	1		5		7		4
	4			7	2			5

				7	9	4	1	6
8		4			2	7	9	
1	7	9		3	4			5
7			4	9				
	9	3	2		7	6	5	
					3	9		7
2			7	5		8		9
9		7	3			1		2
6	3	8	9				7	

BARBARA SMITH

Sudoku
BARBARA SMITH

7	1	2	5	6	3	8	4	9
4	3	6	8	1	9	2	5	7
8	9	5	4	2	7	3	1	6
2	5	3	6	9	1	4	7	8
1	6	4	7	8	5	9	3	2
9	8	7	2	3	4	5	6	1
5	7	9	1	4	8	6	2	3
3	2	1	9	5	6	7	8	4
6	4	8	3	7	2	1	9	5

3	2	5	8	7	9	4	1	6
8	6	4	5	1	2	7	9	3
1	7	9	6	3	4	2	8	5
7	1	6	4	9	5	3	2	8
4	9	3	2	8	7	6	5	1
5	8	2	1	6	3	9	4	7
2	4	1	7	5	6	8	3	9
9	5	7	3	4	8	1	6	2
6	3	8	9	2	1	5	7	4

BARBARA SMITH

Sudoku
BARBARA SMITH

Puzzle 1

		1			5			7
3		6	8		1	9	5	
	9	5	7		4	1	6	8
9		4	1	6	7	5		3
1			5		3			
5			9	8		6		1
6	1		2		8		3	5
	8	2		5	9	7	1	6
7	5			1		8		

Puzzle 2

		4		6	7		2	
	8				9	5	6	4
6	2	5			3	9		
		6	7			2		
5								1
		2			1	7		
			9			1	4	8
4	3	8	2			7		
	5		4	7		6		

BARBARA SMITH

Sudoku
BARBARA SMITH

8	4	1	6	9	5	3	2	7
3	7	6	8	2	1	9	5	4
2	9	5	7	3	4	1	6	8
9	2	4	1	6	7	5	8	3
1	6	8	5	4	3	2	7	9
5	3	7	9	8	2	6	4	1
6	1	9	2	7	8	4	3	5
4	8	2	3	5	9	7	1	6
7	5	3	4	1	6	8	9	2

9	1	4	5	6	7	8	2	3
7	8	3	1	2	9	5	6	4
6	2	5	8	4	3	9	1	7
1	3	6	7	5	4	2	8	9
5	7	9	6	8	2	4	3	1
8	4	2	3	9	1	7	5	6
2	6	7	9	3	5	1	4	8
4	9	8	2	1	6	3	7	5
3	5	1	4	7	8	6	9	2

BARBARA SMITH

Sudoku
BARBARA SMITH

1		4			8	7		6
8	2		6		7	4	5	1
7		5		4		8		3
9	8		4		2	6		
			3	8	9		4	
4		3			5		8	
	7	8	2		4	3		9
	4		1		6			8
		1	8				6	4

7	5	6						3
4	2		5		7		6	1
1			6			7		5
8		3		5	6		4	
	6	5	3		9			
9	4				2	5		6
6		1	4				5	8
			1		5	6		
5	7		2	6		3		9

BARBARA SMITH

Sudoku
BARBARA SMITH

1	3	4	5	2	8	7	9	6
8	2	9	6	3	7	4	5	1
7	6	5	9	4	1	8	2	3
9	8	7	4	1	2	6	3	5
2	5	6	3	8	9	1	4	7
4	1	3	7	6	5	9	8	2
6	7	8	2	5	4	3	1	9
3	4	2	1	9	6	5	7	8
5	9	1	8	7	3	2	6	4

7	5	6	9	8	1	4	2	3
4	2	9	5	3	7	8	6	1
1	3	8	6	2	4	7	9	5
8	1	3	7	5	6	9	4	2
2	6	5	3	4	9	1	8	7
9	4	7	8	1	2	5	3	6
6	9	1	4	7	3	2	5	8
3	8	2	1	9	5	6	7	4
5	7	4	2	6	8	3	1	9

BARBARA SMITH

Sudoku
BARBARA SMITH

5	8	6		2	7	9		3
3		1			8		5	
	9	4		1	3		6	8
4	2			3		8	9	
8					5		3	
		3		8	9		2	4
7	4		3	9			8	
			8			3	7	
1	3	8	6		2			9

9				2	5	7		6
	7						5	1
5	6		7	1	8		9	4
3	9	7				4	2	5
		5			7	3		
	2	4	5	3	9		7	
	3		8	9		5	4	7
	5		3	7				
7		9	6	5	2	1	8	

BARBARA SMITH

5	8	6	4	2	7	9	1	3
3	7	1	9	6	8	4	5	2
2	9	4	5	1	3	7	6	8
4	2	7	1	3	6	8	9	5
8	1	9	2	4	5	6	3	7
6	5	3	7	8	9	1	2	4
7	4	5	3	9	1	2	8	6
9	6	2	8	5	4	3	7	1
1	3	8	6	7	2	5	4	9

9	1	8	4	2	5	7	3	6
4	7	2	9	6	3	8	5	1
5	6	3	7	1	8	2	9	4
3	9	7	1	8	6	4	2	5
6	8	5	2	4	7	3	1	9
1	2	4	5	3	9	6	7	8
2	3	6	8	9	1	5	4	7
8	5	1	3	7	4	9	6	2
7	4	9	6	5	2	1	8	3

Sudoku
BARBARA SMITH

6	2	3			4		1	5
4		7		3		9		6
1	8		5		6	3	4	7
2		5	3	8		7	6	
9	7		6	1		4	3	
3		6	2					
	6				2			3
	3	2		7		6	5	4
		1		6	3	2		8

	5			8		2	3	
	9	3	5		2	8		
2	6	8		3		1		7
			2		9	4	1	3
3	2		1		8		7	6
4	1	9	3				2	
8		6		2		3	9	
		2	6		3		3	
	3			7			4	2

BARBARA SMITH

Sudoku
BARBARA SMITH

6	2	3	7	9	4	8	1	5
4	5	7	1	3	8	9	2	6
1	8	9	5	2	6	3	4	7
2	4	5	3	8	9	7	6	1
9	7	8	6	1	5	4	3	2
3	1	6	2	4	7	5	8	9
7	6	4	8	5	2	1	9	3
8	3	2	9	7	1	6	5	4
5	9	1	4	6	3	2	7	8

1	5	4	7	8	6	2	3	9
7	9	3	5	1	2	8	6	4
2	6	8	9	3	4	1	5	7
6	8	7	2	5	9	4	1	3
3	2	5	1	4	8	9	7	6
4	1	9	3	6	7	5	2	8
8	7	6	4	2	1	3	9	5
5	4	2	6	9	3	7	8	1
9	3	1	8	7	5	6	4	2

BARBARA SMITH

Sudoku
BARBARA SMITH

Puzzle 1

	1				8		4	
				7	4		6	2
7		2	6		1	9	5	
1						3	9	7
			7					6
		7	4	2	9			
2		6		8		5		4
			5	9		2	8	
	5			4		6		

Puzzle 2

6			1	4	3	5	9	2
	5		8	6	2		7	
1	2			7	5			6
			6			2		5
3	7	6		5			1	8
5		2			4		6	
2			5	9		6	4	7
	6		4		1		5	
8	4	5	7	3	6			

BARBARA SMITH

Sudoku
BARBARA SMITH

6	1	9	2	5	8	7	4	3
5	3	8	9	7	4	1	6	2
7	4	2	6	3	1	9	5	8
1	2	4	8	6	5	3	9	7
9	8	5	7	1	3	4	2	6
3	6	7	4	2	9	8	1	5
2	9	6	1	8	7	5	3	4
4	7	3	5	9	6	2	8	1
8	5	1	3	4	2	6	7	9

6	8	7	1	4	3	5	9	2
9	5	3	8	6	2	1	7	4
1	2	4	9	7	5	3	8	6
4	9	8	6	1	7	2	3	5
3	7	6	2	5	9	4	1	8
5	1	2	3	8	4	7	6	9
2	3	1	5	9	8	6	4	7
7	6	9	4	2	1	8	5	3
8	4	5	7	3	6	9	2	1

BARBARA SMITH

Sudoku
BARBARA SMITH

7			2		8			1
	8		4	1		9	5	
3	1			9			8	
			3	4	9	1	2	8
9		1		8	5	3		
8				2	1	5	9	6
		7	8				1	
1	3	8		7	2		6	5
		5	1			8		7

6	3	5			8	7	1	9
		4	1			6	5	
	1			5	6			2
			6		4	5	2	
	6		5	1	7	9	8	
	5			9	2	1	6	4
5	2		8				9	6
7				0				5
	4	6	9	2	5	8		

BARBARA SMITH

Sudoku
BARBARA SMITH

7	5	9	2	3	8	6	4	1
6	8	2	4	1	7	9	5	3
3	1	4	5	9	6	7	8	2
5	7	6	3	4	9	1	2	8
9	2	1	6	8	5	3	7	4
8	4	3	7	2	1	5	9	6
4	6	7	8	5	3	2	1	9
1	3	8	9	7	2	4	6	5
2	9	5	1	6	4	8	3	7

6	3	5	2	4	8	7	1	9
2	7	4	1	3	9	6	5	8
9	1	8	7	5	6	3	4	2
1	9	3	6	8	4	5	2	7
4	6	2	5	1	7	9	8	3
8	5	7	3	9	2	1	6	4
5	2	1	8	7	3	4	9	6
7	8	9	4	6	1	2	3	5
3	4	6	9	2	5	8	7	1

BARBARA SMITH

Sudoku
BARBARA SMITH

5	9					6	2	
					8		1	9
		2		9			4	7
6	1			8		7		
2	3		9					
	5	8					9	2
	8	6		4				
		7	8	2	1	9		
				3		1	8	

5	9			8		6	2	7
	8				7		1	9
7		2		9			4	8
6	1			7		8		
2	3		9		8	7		
8	5	7					9	2
	7	6		4			8	
		8	7	2	1	9		
			8	3		1	7	

BARBARA SMITH

5	9	1	3	7	4	6	2	8
4	7	3	2	6	8	5	1	9
8	6	2	1	9	5	3	4	7
6	1	9	4	8	2	7	3	5
2	3	4	9	5	7	8	6	1
7	5	8	6	1	3	4	9	2
1	8	6	5	4	9	2	7	3
3	4	7	8	2	1	9	5	6
9	2	5	7	3	6	1	8	4

5	9	1	3	8	4	6	2	7
4	8	3	2	6	7	5	1	9
7	6	2	1	9	5	3	4	8
6	1	9	4	7	2	8	3	5
2	3	4	9	5	8	7	6	1
8	5	7	6	1	3	4	9	2
1	7	6	5	4	9	2	8	3
3	4	8	7	2	1	9	5	6
9	2	5	8	3	6	1	7	4

Sudoku
BARBARA SMITH

4	2	8	7	1	9	5	3	
1						4		2
	6			2	4		1	
5		2	6	4				
	1	7	9	8		2	5	4
	9	4	1		2			
8			2	9			4	
2			4		6	7		
9	4	6	8				2	5

5		9		8				7
7	3				9		1	
				7		3		9
9	5	7	6					
	6	8	7	9	2		5	
			5	3	8	9	7	
	2		8	5	7		9	
	9		2		4	7	8	
	7		9		3		4	2

BARBARA SMITH

Sudoku
BARBARA SMITH

4	2	8	7	1	9	5	3	6
1	3	9	5	6	8	4	7	2
7	6	5	3	2	4	9	1	8
5	8	2	6	4	7	1	9	3
6	1	7	9	8	3	2	5	4
3	9	4	1	5	2	8	6	7
8	7	3	2	9	5	6	4	1
2	5	1	4	3	6	7	8	9
9	4	6	8	7	1	3	2	5

5	1	9	3	8	6	4	2	7
7	3	6	4	2	9	8	1	5
2	8	4	1	7	5	3	6	9
9	5	7	6	4	1	2	3	8
3	6	8	7	9	2	1	5	4
1	4	2	5	3	8	9	7	6
4	2	3	8	5	7	6	9	1
6	9	5	2	1	4	7	8	3
8	7	1	9	6	3	5	4	2

BARBARA SMITH

Sudoku
BARBARA SMITH

3	4	7	2	9		1		
2		8		1	7			
	1		5				2	7
1	7	5	6		2			
	6		8	7			1	3
4					1	2	7	6
	9		1	4		7		2
7		4					5	1
5	3	1	7				4	8

7			6	9	1	2	4	8
1		2	4	8		9		
9		4			2		6	
5	4			2			7	
3		1		5		4		2
	2			4				5
4	1		5			8	2	9
2		6	1	3				4
8			2	7	4			6

BARBARA SMITH

Sudoku
BARBARA SMITH

3	4	7	2	9	6	1	8	5
2	5	8	4	1	7	3	6	9
6	1	9	5	8	3	4	2	7
1	7	5	6	3	2	8	9	4
9	6	2	8	7	4	5	1	3
4	8	3	9	5	1	2	7	6
8	9	6	1	4	5	7	3	2
7	2	4	3	6	8	9	5	1
5	3	1	7	2	9	6	4	8

7	5	3	6	9	1	2	4	8
1	6	2	4	8	5	9	3	7
9	8	4	7	3	2	5	6	1
5	4	9	1	2	8	6	7	3
3	7	1	9	5	6	4	8	2
6	2	8	3	4	7	1	9	5
4	1	7	5	6	3	8	2	9
2	3	6	8	1	9	7	5	4
8	9	5	2	7	4	3	1	6

BARBARA SMITH

5	8			4	9		2	
9		4	6					
2	7	6	1			4	9	8
	4	9		7				6
1		2	4	9	6	7	8	5
			2			9	4	
4	2	1	8	3				9
	9	7			4			2
	5	8	9	6			7	4

	6		7	3	8	4		5
4				1	6			3
3	7	8	4	9				6
8	9				3	7	4	
					4	6	3	8
2	4	3		8	7		1	9
	2	4	5	6		3		
5	8		3		9			4
6	3	7		4		9		1

5	8	3	7	4	9	6	2	1
9	1	4	6	2	8	3	5	7
2	7	6	1	5	3	4	9	8
8	4	9	3	7	5	2	1	6
1	3	2	4	9	6	7	8	5
7	6	5	2	8	1	9	4	3
4	2	1	8	3	7	5	6	9
6	9	7	5	1	4	8	3	2
3	5	8	9	6	2	1	7	4

1	6	2	7	3	8	4	9	5
4	5	9	2	1	6	8	7	3
3	7	8	4	9	5	1	2	6
8	9	6	1	5	3	7	4	2
7	1	5	9	2	4	6	3	8
2	4	3	6	8	7	5	1	9
9	2	4	5	6	1	3	8	7
5	8	1	3	7	9	2	6	4
6	3	7	8	4	2	9	5	1

BARBARA SMITH

Puzzle 1:

6	2	5	3		8	9		
	3	8			9	5	6	4
		4		6	7	3	2	8
8	5		4	7	3	6		
4	9	3	2			8	7	
			9	8		1	4	3
3		2	8		1	7		
5				3			8	1
	8	6	7			2	3	

Puzzle 2:

1	2		5			8		9
		6		2	9			1
8			4	7	1		2	6
7			6	9	2		1	8
2			1	8		9		
9		1			4		6	2
5	1		2				7	
3		2		5		1		4
	4			1		2		5

Sudoku
BARBARA SMITH

6	2	5	3	4	8	9	1	7
7	3	8	1	2	9	5	6	4
9	1	4	5	6	7	3	2	8
8	5	1	4	7	3	6	9	2
4	9	3	2	1	6	8	7	5
2	6	7	9	8	5	1	4	3
3	4	2	8	9	1	7	5	6
5	7	9	6	3	2	4	8	1
1	8	6	7	5	4	2	3	9

1	2	7	5	6	3	8	4	9
4	3	6	8	2	9	7	5	1
8	9	5	4	7	1	3	2	6
7	5	3	6	9	2	4	1	8
2	6	4	1	8	5	9	3	7
9	8	1	7	3	4	5	6	2
5	1	9	2	4	8	6	7	3
3	7	2	9	5	6	1	8	4
6	4	8	3	1	7	2	9	5

BARBARA SMITH

	4		5		1	3	7	8
1		7	9		3			
		6	2	7		1	4	9
8	6			1	4	7		
	1		6		7			
9	7	3			2		1	
3			7			5		1
7	5		1		6		2	4
6		1						7

1		8	2	9		4	6	
6	4	3		1	7			9
			4	6				1
		9		4		2	1	5
5	1	2				7	4	8
8	7	4		2	1	6		
4			1	7				
7			0	8	4	1		2
	2	1		5	6	8		4

Sudoku
BARBARA SMITH

2	4	9	5	6	1	3	7	8
1	8	7	9	4	3	6	5	2
5	3	6	2	7	8	1	4	9
8	6	2	3	1	4	7	9	5
4	1	5	6	9	7	2	8	3
9	7	3	8	5	2	4	1	6
3	2	4	7	8	9	5	6	1
7	5	8	1	3	6	9	2	4
6	9	1	4	2	5	8	3	7

1	5	8	2	9	3	4	6	7
6	4	3	8	1	7	5	2	9
2	9	7	4	6	5	3	8	1
3	6	9	7	4	8	2	1	5
5	1	2	6	3	9	7	4	8
8	7	4	5	2	1	6	9	3
4	8	5	1	7	2	9	3	6
7	3	6	9	8	4	1	5	2
9	2	1	3	5	6	8	7	4

BARBARA SMITH

4						3			8	2
	7			2		8		9	4	
8	2			4	5	9				
	8			5	3	4			9	
	6	4		9		2			5	8
7	5			6	8					4
	4	8			9			3		7
	3			8				4	1	
5		7			4			8		

			7		4		5				2
2	6	5			3				7	4
4	8			2		7				
5	9	6			2				4	8
3		2		9	4	8				5
8	4							3	2	9
		4		3		2			9	
3	5			1	4	2		3		
	2			7				4		

4	9	1	7	6	3	5	8	2
6	7	5	2	1	8	9	4	3
8	2	3	4	5	9	6	7	1
1	8	2	5	3	4	7	9	6
3	6	4	9	7	2	1	5	8
7	5	9	6	8	1	2	3	4
2	4	8	1	9	5	3	6	7
9	3	6	8	2	7	4	1	5
5	1	7	3	4	6	8	2	9

1	3	7	4	9	5	8	6	2
2	6	5	8	3	1	9	7	4
4	8	9	2	6	7	1	5	3
5	9	6	1	2	3	7	4	8
3	7	2	9	4	8	6	1	5
8	4	1	5	7	6	3	2	9
7	1	4	3	8	2	5	9	6
9	5	3	6	1	4	2	8	7
6	2	8	7	5	9	4	3	1

BARBARA SMITH

Sudoku
BARBARA SMITH

2					9			
9		4		1			7	2
		7	2	8	6	5		9
8		9	6	3		1	2	
4	5			7	2	9		
	2		9					
7	4			9	5	2	8	1
3	9	2		6		7		4
5	1		4	2			9	3

				3		8	2	6
3		1			2	9		
7	2	8		5	9			3
5		3	4	2		7		1
2		9	3			4		8
6	1	4					3	2
9			2			3		
	5	6	6		3	2	7	
	3	2			4			9

BARBARA SMITH

2	8	5	7	4	9	3	1	6
9	6	4	5	1	3	8	7	2
1	3	7	2	8	6	5	4	9
8	7	9	6	3	4	1	2	5
4	5	3	1	7	2	9	6	8
6	2	1	9	5	8	4	3	7
7	4	6	3	9	5	2	8	1
3	9	2	8	6	1	7	5	4
5	1	8	4	2	7	6	9	3

4	9	5	1	3	7	8	2	6
3	6	1	8	4	2	9	5	7
7	2	8	6	5	9	1	4	3
5	8	3	4	2	6	7	9	1
2	7	9	3	1	5	4	6	8
6	1	4	7	9	8	5	3	2
9	4	7	2	6	1	3	8	5
1	5	6	9	8	3	2	7	4
8	3	2	5	7	4	6	1	9

Sudoku
BARBARA SMITH

Puzzle 1

9		2			4		6	
1			2	8		9		
7			6	9	1			8
	4							5
3		1		5		2		4
5							7	
8			4	7	2			6
		6		1	9			2
	1		5			8		9

Puzzle 2

_	1		5	3	6	8		9
	6	3		1	9			2
8			4	7	2	6		3
5						3	7	6
6		1		5	3	2		4
3	4		6					5
7		6	3	9	1			8
1	3		2	8		9	6	
9		2		6	4		3	

BARBARA SMITH

Sudoku
BARBARA SMITH

9	8	2	7	3	4	5	6	1
1	6	4	2	8	5	9	3	7
7	5	3	6	9	1	4	2	8
6	4	8	3	2	7	1	9	5
3	7	1	9	5	6	2	8	4
5	2	9	1	4	8	6	7	3
8	9	5	4	7	2	3	1	6
4	3	6	8	1	9	7	5	2
2	1	7	5	6	3	8	4	9

2	1	7	5	3	6	8	4	9
4	6	3	8	1	9	7	5	2
8	9	5	4	7	2	6	1	3
5	2	9	1	4	8	3	7	6
6	7	1	9	5	3	2	8	4
3	4	8	6	2	7	1	9	5
7	5	6	3	9	1	4	2	8
1	3	4	2	8	5	9	6	7
9	8	2	7	6	4	5	3	1

BARBARA SMITH

Sudoku
BARBARA SMITH

3	5		2		8		6	
	8	2	6		9	7		3
7		6			3	8		
		5	3			6		7
6		3	8			9	1	
	9		7	6	4		3	8
9		4		3	7			6
	3		1		6			
1	6		9	8		3		5

3	2	4	8	5	9			
	7		2		3	9	8	4
					4		3	2
5		7	4	8		3		
	4		3				1	
		3		9		4		7
7	5		6	3			4	
4	6	8	9		2		5	3
	3		5	4	8		9	

BARBARA SMITH

Sudoku
BARBARA SMITH

Grid 1

3	5	9	2	7	8	4	6	1
4	8	2	6	1	9	7	5	3
7	1	6	4	5	3	8	9	2
8	4	5	3	9	1	6	2	7
6	7	3	8	2	5	9	1	4
2	9	1	7	6	4	5	3	8
9	2	4	5	3	7	1	8	6
5	3	8	1	4	6	2	7	9
1	6	7	9	8	2	3	4	5

Grid 2

3	2	4	8	5	9	6	7	1
6	7	5	2	1	3	9	8	4
8	9	1	7	6	4	5	3	2
5	1	7	4	8	6	3	2	9
9	4	6	3	2	7	8	1	5
2	8	3	1	9	5	4	6	7
7	5	9	6	3	1	2	4	8
4	6	8	9	7	2	1	5	3
1	3	2	5	4	8	7	9	6

BARBARA SMITH

Puzzle 1

5		2	8				7	
	3		7	2			1	
7				9		3		2
2	5		6			7		
	6	8	9	2	7		5	
		7	5	3	8	2	9	
	7		8	5	9		2	
	2		7		4	9	8	
			2		3		4	7

Puzzle 2

6	2	3	5	4	9			8
			3		7	6	9	
9		8		2			3	
2	3	9				4		1
7	1			5		9	8	3
4		5	9	3			2	6
	6			1	3	2		9
3	9	1	4					
8				9	5	3	1	7

Sudoku
BARBARA SMITH

5	1	2	3	8	6	4	7	9
9	3	6	4	7	2	8	1	5
7	8	4	1	9	5	3	6	2
2	5	9	6	4	1	7	3	8
3	6	8	9	2	7	1	5	4
1	4	7	5	3	8	2	9	6
4	7	3	8	5	9	6	2	1
6	2	5	7	1	4	9	8	3
8	9	1	2	6	3	5	4	7

6	2	3	5	4	9	1	7	8
1	5	4	3	8	7	6	9	2
9	7	8	1	2	6	5	3	4
2	3	9	7	6	8	4	5	1
7	1	6	2	5	4	9	8	3
4	8	5	9	3	1	7	2	6
5	6	7	8	1	3	2	4	9
3	9	1	4	7	2	8	6	5
8	4	2	6	9	5	3	1	7

BARBARA SMITH

Sudoku
BARBARA SMITH

	1			5			4	8
4				6	2		7	5
7	5	2	9	4		6		1
1		5	3	9	7			4
		4	5		6	7		
		7			4	5	2	9
2		6	4		5		8	
5			2	8		4	9	
	4		6				5	

					2			
		2		7			5	4
		1		3	6	2		8
2		5	6	8		7		
9	7			1		4		
			2					
3	2				4		1	5
4	7		6		9			3
1	8		5				4	7

6	1	9	7	5	3	2	4	8
4	3	8	1	6	2	9	7	5
7	5	2	9	4	8	6	3	1
1	2	5	3	9	7	8	6	4
9	8	4	5	2	6	7	1	3
3	6	7	8	1	4	5	2	9
2	9	6	4	3	5	1	8	7
5	7	3	2	8	1	4	9	6
8	4	1	6	7	9	3	5	2

7	3	4	8	5	2	1	9	6
8	6	2	9	7	1	3	5	4
5	9	1	4	3	6	2	7	8
2	4	5	6	8	9	7	3	1
9	7	8	3	1	5	4	6	2
6	1	3	2	4	7	5	8	9
3	2	6	7	9	4	8	1	5
4	5	7	1	6	8	9	2	3
1	8	9	5	2	3	6	4	7

Sudoku
BARBARA SMITH

8			3		1		2	4
			5	9	6		1	3
6	1	3			8			9
	6			5		1	3	2
1		7	8	3				
3	2			1		9	8	
2			1	8	3	4		
9	8	4				3	7	1
	3	1			7	2	6	

6	2	7			3	9		5
5	8				9	7	6	4
		4	7	6	5		2	
		2			1	5	7	
7	5							1
		6	5	7		2		
	7		4	5		6		
4	3	3	2				5	7
		5	9		7	1	4	8

BARBARA SMITH

Sudoku
BARBARA SMITH

8	5	9	3	7	1	6	2	4
7	4	2	5	9	6	8	1	3
6	1	3	4	2	8	7	5	9
4	6	8	7	5	9	1	3	2
1	9	7	8	3	2	5	4	6
3	2	5	6	1	4	9	8	7
2	7	6	1	8	3	4	9	5
9	8	4	2	6	5	3	7	1
5	3	1	9	4	7	2	6	8

6	2	7	8	4	3	9	1	5
5	8	3	1	2	9	7	6	4
9	1	4	7	6	5	8	2	3
8	4	2	3	9	1	5	7	6
7	5	9	6	8	2	4	3	1
1	3	6	5	7	4	2	8	9
3	7	1	4	5	8	6	9	2
4	9	8	2	1	6	3	5	7
2	6	5	9	3	7	1	4	8

BARBARA SMITH

Sudoku
BARBARA SMITH

			6	1				
1	6	3		4	7			9
		8	2	9		6	1	
	2	4		5	1	8		6
7		1	9	8	6	4		2
6				7				1
8	7	6		2		1		
5		2	1			7	6	8
	1	9		6		2	4	5

7	3	5	9	1	6	8		
4	6			7				1
		1	2				7	6
			6	2	7	4		5
	5			8	9	6	1	7
6	7		4		1	2	9	
	2	7		9			6	8
		6	7					
5	4			6	8	7	2	9

Sudoku
BARBARA SMITH

2	9	7	6	1	5	3	8	4
1	6	3	8	4	7	5	2	9
4	5	8	2	9	3	6	1	7
9	2	4	3	5	1	8	7	6
7	3	1	9	8	6	4	5	2
6	8	5	4	7	2	9	3	1
8	7	6	5	2	4	1	9	3
5	4	2	1	3	9	7	6	8
3	1	9	7	6	8	2	4	5

7	3	5	9	1	6	8	4	2
4	6	2	8	7	5	9	3	1
8	1	9	2	4	3	5	7	6
3	9	1	6	2	7	4	8	5
2	5	4	3	8	9	6	1	7
6	7	8	4	5	1	2	9	3
1	2	7	5	9	4	3	6	8
9	8	6	7	3	2	1	5	4
5	4	3	1	6	8	7	2	9

BARBARA SMITH

Sudoku
BARBARA SMITH

2	9		8	4	1		3	
	7		2		3	8		
5	3	8		7			2	1
6	8	2			5	3		
3	1			6			7	8
			4	3	8	2		6
7	4		3	9			8	2
8		3	1		4		5	
			5	8	7		4	3

7		8		1		2	4	
	2	4					6	7
6		1	2		7	9	5	
			1	7		3	9	2
2							7	6
4	7	9			2			
	8	2	7		6	5		4
5	9			2		7	8	
	4	7		5			6	2

BARBARA SMITH

Sudoku
BARBARA SMITH

2	9	6	8	4	1	7	3	5
4	7	1	2	5	3	8	6	9
5	3	8	6	7	9	4	2	1
6	8	2	7	1	5	3	9	4
3	1	4	9	6	2	5	7	8
9	5	7	4	3	8	2	1	6
7	4	5	3	9	6	1	8	2
8	6	3	1	2	4	9	5	7
1	2	9	5	8	7	6	4	3

7	5	8	6	1	9	2	4	3
9	2	4	5	3	8	1	6	7
6	3	1	2	4	7	9	5	8
8	6	5	1	7	4	3	9	2
2	1	3	9	8	5	4	7	6
4	7	9	3	6	2	8	1	5
1	8	2	7	9	6	5	3	4
5	9	6	4	2	3	7	8	1
3	4	7	8	5	1	6	2	9

BARBARA SMITH

2	9	5				8	4	
			4	9		5	3	2
4		7		8	5		1	6
5	8	1		3		4		
	4	9	1	2	8	7	5	
				5	4	6	8	
7	5		4	9		2		
9	1	4	8					5
	2	6	5				9	4

	5	6		8			7	
8		7				6		2
9	2	1	6	3			8	4
	8		2	6			9	
1		2	9	4	8	7	6	5
6				7				8
2	7	8	1				4	6
4			8		6			
5	6			9		8	2	

Sudoku
BARBARA SMITH

2	9	5	3	1	6	8	4	7
1	6	8	7	4	9	5	3	2
4	3	7	2	8	5	9	1	6
5	8	1	6	3	7	4	2	9
6	4	9	1	2	8	7	5	3
3	7	2	9	5	4	6	8	1
7	5	3	4	9	1	2	6	8
9	1	4	8	6	2	3	7	5
8	2	6	5	7	3	1	9	4

3	5	6	4	8	2	1	7	9
8	4	7	5	1	9	6	3	2
9	2	1	6	3	7	5	8	4
7	8	5	2	6	1	4	9	3
1	3	2	9	4	8	7	6	5
6	9	4	3	7	5	2	1	8
2	7	8	1	5	3	9	4	6
4	1	9	8	2	6	3	5	7
5	6	3	7	9	4	8	2	1

BARBARA SMITH

Puzzle 1:

6		7		1				5
	1	5		7	2		3	6
	8		6				1	7
5	9	1		2	8	6		
3			1	6	5	9		8
8	2	6	3	4	9			1
	6			9	1	3		
9	5		4	8		1	6	
1			2		6	7		

Puzzle 2:

	6		8		7	5		3
		3	6	1				
8	7			9		6		
	9	8	4				3	7
						8		6
		2	7	8		9	1	
	2			6	5			4
	8	5	9					
7		6		3		1		9

Sudoku
BARBARA SMITH

6	3	7	8	1	4	2	9	5
4	1	5	9	7	2	8	3	6
2	8	9	6	5	3	4	1	7
5	9	1	7	2	8	6	4	3
3	7	4	1	6	5	9	2	8
8	2	6	3	4	9	5	7	1
7	6	2	5	9	1	3	8	4
9	5	3	4	8	7	1	6	2
1	4	8	2	3	6	7	5	9

2	6	1	8	4	7	5	9	3
9	5	3	6	1	2	4	7	8
8	7	4	5	9	3	6	2	1
6	9	8	4	5	1	2	3	7
5	1	7	3	2	9	8	4	6
4	3	2	7	8	6	9	1	5
3	2	9	1	6	5	7	8	4
1	8	5	9	7	4	3	6	2
7	4	6	2	3	8	1	5	9

BARBARA SMITH

Sudoku
BARBARA SMITH

8	4	1			9	2		7
	2				7	8	9	4
7		6		2	4		5	
		7			2	6		
1			7				2	5
		2	1			7		
	7		2	6		4		
4	6	5	9	7			8	2
2		9	3			5	7	6

3	2			8	4	9	1	5
4		7		6	9	8		3
1	9	8	5				4	7
2		5	6	9	8	7		
8	7	9		1		4		
			2				9	8
			9		2		8	
9		2	3	7			5	4
	8	1		3	6	2		9

8	4	1	5	3	9	2	6	7
5	2	3	6	1	7	8	9	4
7	9	6	8	2	4	1	5	3
9	8	7	4	5	2	6	3	1
1	3	4	7	8	6	9	2	5
6	5	2	1	9	3	7	4	8
3	7	8	2	6	5	4	1	9
4	6	5	9	7	1	3	8	2
2	1	9	3	4	8	5	7	6

3	2	6	7	8	4	9	1	5
4	5	7	1	6	9	8	2	3
1	9	8	5	2	3	6	4	7
2	4	5	6	9	8	7	3	1
8	7	9	3	1	5	4	6	2
6	1	3	2	4	7	5	9	8
7	3	4	9	5	2	1	8	6
9	6	2	8	7	1	3	5	4
5	8	1	4	3	6	2	7	9

Sudoku
BARBARA SMITH

	2	9					6	5
6	1		8	9				
7	4			6		2	9	
			6	4		9	8	
9		6	1	2	8	7		
	8	1	9	3				6
		7		8		6	1	9
	9				6		3	2
2	6				9	8	5	

	4		8	5			6	7
2			4	7				
7			1	2	9	4	3	8
	9	7			4			2
5	8	4	2		1	6	7	9
6			7				4	
8	7		6	4	2			1
4					7			6
	2			8	5	7	9	4

BARBARA SMITH

Sudoku
BARBARA SMITH

8	2	9	4	7	3	1	6	5
6	1	5	8	9	2	3	7	4
7	4	3	5	6	1	2	9	8
3	7	2	6	4	5	9	8	1
9	5	6	1	2	8	7	4	3
4	8	1	9	3	7	5	2	6
5	3	7	2	8	4	6	1	9
1	9	8	7	5	6	4	3	2
2	6	4	3	1	9	8	5	7

9	4	1	8	5	3	2	6	7
2	3	8	4	7	6	9	1	5
7	6	5	1	2	9	4	3	8
3	9	7	5	6	4	1	8	2
5	8	4	2	3	1	6	7	9
6	1	2	7	9	8	5	4	3
8	7	9	6	4	2	3	5	1
4	5	3	9	1	7	8	2	6
1	2	6	3	8	5	7	9	4

BARBARA SMITH

Sudoku
BARBARA SMITH

5			9	8		6		1
1			5		3			
9		4	1	6	7	5		3
7	5			1		8		
	8	2		5	9	7	1	6
6	1		2		8		3	5
	9	5	7		4	1	6	8
3		6	8		1	9	5	
		1			5			7

3	2	1				4	9	
4		8				2	7	
	7		2	4	1	5		
		5			2	6		4
	6	4		7	3	8	1	2
2			4		6			
	9				4	7	2	
1	4	2		5				
5	3	7		2	8		4	

BARBARA SMITH

Sudoku
BARBARA SMITH

5	3	7	9	8	2	6	4	1
1	6	8	5	4	3	2	7	9
9	2	4	1	6	7	5	8	3
7	5	3	4	1	6	8	9	2
4	8	2	3	5	9	7	1	6
6	1	9	2	7	8	4	3	5
2	9	5	7	3	4	1	6	8
3	7	6	8	2	1	9	5	4
8	4	1	6	9	5	3	2	7

3	2	1	7	8	5	4	9	6
4	5	8	3	6	9	2	7	1
6	7	9	2	4	1	5	8	3
7	1	5	8	9	2	6	3	4
9	6	4	5	7	3	8	1	2
2	8	3	4	1	6	9	5	7
8	9	6	1	3	4	7	2	5
1	4	2	9	5	7	3	6	8
5	3	7	6	2	8	1	4	9

BARBARA SMITH

Sudoku
BARBARA SMITH

		6	7	3	5	8	4	1
	1		4		6		5	
	4	7	1	9		2		6
					4	1	6	2
	6	8		1		3	7	
2		1	5	6				
		5		7	1	6	2	
6	7		8		2		1	
1	9	2	6	4	3			

	6		8		3	5		7
		7	6	1			3	
8	3			9	7	6		
	9	8	4				7	3
		3	7			8		6
	7	2	3	8		9	1	
7	2			6	5	3		4
	8	5	9	3		7		
3		6		7		1		9

BARBARA SMITH

Sudoku
BARBARA SMITH

9	2	6	7	3	5	8	4	1
8	1	3	4	2	6	7	5	9
5	4	7	1	9	8	2	3	6
7	5	9	3	8	4	1	6	2
4	6	8	2	1	9	3	7	5
2	3	1	5	6	7	4	9	8
3	8	5	9	7	1	6	2	4
6	7	4	8	5	2	9	1	3
1	9	2	6	4	3	5	8	7

2	6	1	8	4	3	5	9	7
9	5	7	6	1	2	4	3	8
8	3	4	5	9	7	6	2	1
6	9	8	4	5	1	2	7	3
5	1	3	7	2	9	8	4	6
4	7	2	3	8	6	9	1	5
7	2	9	1	6	5	3	8	4
1	8	5	9	3	4	7	6	2
3	4	6	2	7	8	1	5	9

BARBARA SMITH

Sudoku
BARBARA SMITH

Puzzle 1

					9	4	1	2
2	3		1		8		7	6
4	1	9	2					
8		6				2	9	
		3	6		2		8	
				7			4	
	5		8					
	9		5		3	8		
	6	8				1		7

Puzzle 2

5				2	7	9		6
	9		5					1
	6		9	1	8		5	4
3	5	9				4	2	
					9	3		5
	2	4		3	5		9	
	3		8	5		7	4	9
	7		3	3		5		
9		5	6		2	1	8	

BARBARA SMITH

6	8	7	3	5	9	4	1	2
2	3	5	1	4	8	9	7	6
4	1	9	2	6	7	5	3	8
8	7	6	4	3	1	2	9	5
5	4	3	6	9	2	7	8	1
9	2	1	8	7	5	6	4	3
1	5	4	7	8	6	3	2	9
7	9	2	5	1	3	8	6	4
3	6	8	9	2	4	1	5	7

5	1	8	4	2	7	9	3	6
4	9	2	5	6	3	8	7	1
7	6	3	9	1	8	2	5	4
3	5	9	1	8	6	4	2	7
6	8	7	2	4	9	3	1	5
1	2	4	7	3	5	6	9	8
2	3	6	8	5	1	7	4	9
8	7	1	3	9	4	5	6	2
9	4	5	6	7	2	1	8	3

Sudoku
BARBARA SMITH

					9	4	1	2
2	3		1		8		7	6
4	1	9	2					
8		6				2	9	
		3	6		2		8	
				7			4	
	5			8				
	9		5		3	8		
	6	8				1		7

5				2	7	9		6
	9		5					1
	6		9	1	8		5	4
3	5	9				4	2	
					9	3		5
	2	4		3	5		9	
	3		8	5		7	4	9
9		5	6		2	1	8	

BARBARA SMITH

Sudoku
BARBARA SMITH

6	8	7	3	5	9	4	1	2
2	3	5	1	4	8	9	7	6
4	1	9	2	6	7	5	3	8
8	7	6	4	3	1	2	9	5
5	4	3	6	9	2	7	8	1
9	2	1	8	7	5	6	4	3
1	5	4	7	8	6	3	2	9
7	9	2	5	1	3	8	6	4
3	6	8	9	2	4	1	5	7

5	1	8	4	2	7	9	3	6
4	9	2	5	6	3	8	7	1
7	6	3	9	1	8	2	5	4
3	5	9	1	8	6	4	2	7
6	8	7	2	4	9	3	1	5
1	2	4	7	3	5	6	9	8
2	3	6	8	5	1	7	4	9
8	7	1	3	9	4	5	6	2
9	4	5	6	7	2	1	8	3

BARBARA SMITH

Sudoku
BARBARA SMITH

		2		5	9		4	7
					8	9	1	5
9	5					6	2	
5		9		3		1	8	
		7	8	2	1	5	9	
	8	6	9	4	5			
	9	8					5	2
2	3		5	9				
6	1	5		8		7		9

	6		3		8	7		5
3	8		5				1	6
	7	5			6		9	8
5	9		7	3			8	4
		8	6		5			
2			8	1	9		5	7
	2		4	5		8	6	
6		7	9	8	1	5	3	

BARBARA SMITH

Sudoku
BARBARA SMITH

8	6	2	1	5	9	3	4	7
4	7	3	2	6	8	9	1	5
9	5	1	3	7	4	6	2	8
5	2	9	7	3	6	1	8	4
3	4	7	8	2	1	5	9	6
1	8	6	9	4	5	2	7	3
7	9	8	6	1	3	4	5	2
2	3	4	5	9	7	8	6	1
6	1	5	4	8	2	7	3	9

1	6	2	3	9	8	7	4	5
3	8	9	5	7	4	2	1	6
4	7	5	1	2	6	3	9	8
5	9	6	7	3	2	1	8	4
7	1	8	6	4	5	9	2	3
2	3	4	8	1	9	6	5	7
9	2	3	4	5	7	8	6	1
8	5	1	2	6	3	4	7	9
6	4	7	9	8	1	5	3	2

BARBARA SMITH

7		8		6		3		5
	1	6	3					
	9			7	8			6
		4	8	9		7	3	
						6		8
	8	7	2				1	9
5	6			2		4		
		9	5	8				
	3		6		7	9		1

	4		9				3	5
9		1	3	5		2		4
5		3					7	9
8	3		4	7	2	9		6
	9	6		1	3			2
	1		5		9	8		3
3		2		9	4		6	
7		9	6	3	1			8

BARBARA SMITH

Sudoku
BARBARA SMITH

7	4	8	1	6	2	3	9	5
2	1	6	3	5	9	8	7	4
3	9	5	4	7	8	1	2	6
1	5	4	8	9	6	7	3	2
9	2	3	7	1	5	6	4	8
6	8	7	2	3	4	5	1	9
5	6	1	9	2	3	4	8	7
4	7	9	5	8	1	2	6	3
8	3	2	6	4	7	9	5	1

6	4	8	9	2	7	1	3	5
9	7	1	3	5	6	2	8	4
5	2	3	1	4	8	6	7	9
8	3	5	4	7	2	9	1	6
4	9	6	8	1	3	7	5	2
2	1	7	5	6	9	8	4	3
3	8	2	7	9	4	5	6	1
1	6	4	2	8	5	3	9	7
7	5	9	6	3	1	4	2	8

BARBARA SMITH

Sudoku
BARBARA SMITH

3	8	1		4		2	9	
2		4				8	7	
	7		8	2	1	5	4	
		5	4		8	6		2
	6			7	3	4	1	8
8	4		2		6			
4	9				2	7	8	
1		8		5				4
5	3	7		8	4			

	9			8	2	1	4	3
8				7		9		2
1	2			9	5	8	7	
	8	9	2		6	5		
3	7			1	9		6	8
6		2			8		9	4
2				4	7		8	9
	5	3	6			4		1
9	4			8		7	3	5

BARBARA SMITH

Sudoku
BARBARA SMITH

3	8	1	7	4	5	2	9	6
2	5	4	3	6	9	8	7	1
6	7	9	8	2	1	5	4	3
7	1	5	4	9	8	6	3	2
9	6	2	5	7	3	4	1	8
8	4	3	2	1	6	9	5	7
4	9	6	1	3	2	7	8	5
1	2	8	9	5	7	3	6	4
5	3	7	6	8	4	1	2	9

5	9	7	6	8	2	1	4	3
8	6	3	1	7	4	9	5	2
1	2	4	3	9	5	8	7	6
4	8	9	2	3	6	5	1	7
3	7	5	4	1	9	2	6	8
6	1	2	7	5	8	3	9	4
2	3	1	5	4	7	6	8	9
7	5	8	9	6	3	4	2	1
9	4	6	8	2	1	7	3	5

BARBARA SMITH

Sudoku
BARBARA SMITH

1			8				5	9
		8	3	9	5		1	
7		9			1	8	6	
	1	2	9			6		8
9	8		2	1	6	3		
	4			7		9		1
2	9	4	1					
6	7	1	8		9		3	2
				2		1	9	4

6	1			8		7		
2	3		9					
	5	8					9	2
	8	6		4				
		7	8	2	1	9		
				3		1	8	
5	9					6	2	
				8		1	9	
		2		9			4	7

1	2	3	6	8	7	4	5	9
4	6	8	3	9	5	2	1	7
7	5	9	4	2	1	8	6	3
5	1	2	9	3	4	6	7	8
9	8	7	2	1	6	3	4	5
3	4	6	5	7	8	9	2	1
2	9	4	1	5	3	7	8	6
6	7	1	8	4	9	5	3	2
8	3	5	7	6	2	1	9	4

6	1	9	4	8	2	7	3	5
2	3	4	9	5	7	8	6	1
7	5	8	6	1	3	4	9	2
1	8	6	5	4	9	2	7	3
3	4	7	8	2	1	9	5	6
9	2	5	7	3	6	1	8	4
5	9	1	3	7	4	6	2	8
4	7	3	2	6	8	5	1	9
8	6	2	1	9	5	3	4	7

Puzzle 1:

9		2			4	1	6	5
5			2	8	1	9		
7	1		6	9	5			8
	4					5		1
3		5		1		2		4
1			5				7	
8		1	4	7	2		5	6
		6		5	9		1	2
	5		1			8		9

Puzzle 2:

	4		8	1				6
	8	2			6		7	4
9	5	6	7		2	8		1
3	9	7	1			6	8	
		8		6		7		
6				8	7	4	2	9
5		4	2		8		6	
2						5		
8			6	5			4	

BARBARA SMITH

Sudoku
BARBARA SMITH

9	8	2	7	3	4	1	6	5
5	6	4	2	8	1	9	3	7
7	1	3	6	9	5	4	2	8
6	4	8	3	2	7	5	9	1
3	7	5	9	1	6	2	8	4
1	2	9	5	4	8	6	7	3
8	9	1	4	7	2	3	5	6
4	3	6	8	5	9	7	1	2
2	5	7	1	6	3	8	4	9

7	4	3	8	1	9	2	5	6
1	8	2	5	3	6	9	7	4
9	5	6	7	4	2	8	3	1
3	9	7	1	2	4	6	8	5
4	2	8	9	6	5	7	1	3
6	1	5	3	8	7	4	2	9
5	3	4	2	9	8	1	6	7
2	6	1	4	7	3	5	9	8
8	7	9	6	5	1	3	4	2

BARBARA SMITH

Puzzle 1

	9		7		8	6	1	3
		4		9	6	7	5	
6		7	3			9		
2	7	5		6			9	
				7	9			
	3	9	2	1	4		6	7
9		3			1		7	5
4			9		7		2	
7		8				1	4	9

Puzzle 2

7					9	8	6	
	8	2			6	7		9
9	5	6	2		8		3	
1			6	8		9		5
	9		1		3			6
6		4		9	7			3
	6		7		4		9	8
							1	
		5	9	6				7

Puzzle 1

5	9	2	7	4	8	6	1	3
3	8	4	1	9	6	7	5	2
6	1	7	3	5	2	9	8	4
2	7	5	8	6	3	4	9	1
1	4	6	5	7	9	2	3	8
8	3	9	2	1	4	5	6	7
9	6	3	4	2	1	8	7	5
4	5	1	9	8	7	3	2	6
7	2	8	6	3	5	1	4	9

Puzzle 2

7	1	3	4	5	9	8	6	2
4	8	2	3	1	6	7	5	9
9	5	6	2	7	8	4	3	1
1	3	7	6	8	2	9	4	5
5	9	8	1	4	3	2	7	6
6	2	4	5	9	7	1	8	3
2	6	1	7	3	4	5	9	8
3	7	9	8	2	5	6	1	4
8	4	5	9	6	1	3	2	7

BARBARA SMITH

Sudoku
BARBARA SMITH

	2			9		5	8	
			6			4		
	4	8	1			2	7	6
		6		7				
7	8	5	9	4	6	1		2
	9		2					
		4	8	3		9	2	1
		2						7
	7			6			5	8

8	4		3	7	5			
3	5		4			1		7
2	7			9			4	3
6		2	7		4	3		
7	3			6			1	8
			5			3	2	7	6
1	2			3		7		5
		7	8		2		3	
		3	1	4	7		9	2

BARBARA SMITH

6	2	1	7	9	4	5	8	3
3	5	7	6	2	8	4	1	9
9	4	8	1	5	3	2	7	6
2	1	6	3	7	5	8	9	4
7	8	5	9	4	6	1	3	2
4	9	3	2	8	1	7	6	5
5	6	4	8	3	7	9	2	1
8	3	2	5	1	9	6	4	7
1	7	9	4	6	2	3	5	8

8	4	6	3	7	5	9	2	1
3	5	9	4	2	1	8	6	7
2	7	1	6	9	8	5	4	3
6	1	2	7	8	4	3	5	9
7	3	5	2	6	9	4	1	8
4	9	8	5	1	3	2	7	6
1	2	4	9	3	6	7	8	5
9	6	7	8	5	2	1	3	4
5	8	3	1	4	7	6	9	2

Sudoku
BARBARA SMITH

		5	7		1			
	3	7		6	5		1	2
		1		8		7		
7			5	9	6	1	2	8
9		8	3	1			7	5
	1		8	2	7	3	4	9
3			1	7			9	
	7		9	5		4	8	1
1						2		7

	3		8		2		5	6
6		7	9			2	8	
		8						7
7						5		
	1	9			8	6		3
8	6		4		7		9	
3			7	6		4		9
			3		1			
5		6		8	9			1

BARBARA SMITH

Sudoku
BARBARA SMITH

2	9	5	7	3	1	8	6	4
8	3	7	4	6	5	9	1	2
4	6	1	2	8	9	7	5	3
7	4	3	5	9	6	1	2	8
9	2	8	3	1	4	6	7	5
5	1	6	8	2	7	3	4	9
3	8	4	1	7	2	5	9	6
6	7	2	9	5	3	4	8	1
1	5	9	6	4	8	2	3	7

1	3	4	8	7	2	9	5	6
6	5	7	9	1	3	2	8	4
2	9	8	6	5	4	3	1	7
7	2	3	1	9	6	5	4	8
4	1	9	5	2	8	6	7	3
8	6	5	4	3	7	1	9	2
3	8	1	7	6	5	4	2	9
9	7	2	3	4	1	8	6	5
5	4	6	2	8	9	7	3	1

BARBARA SMITH

Sudoku
BARBARA SMITH

5		8	3		7		6	
		3	6	1				8
6				9	8	3	7	
	8	7	4				9	3
3		6	8					
9	1		7	3			8	2
	3	4		6	5	8	2	
8			9				3	5
1		9		8	3	7		6

		2					7	9
		7	9		8	2	1	4
9				7	1	6		
	9		7	1			8	
8			4	2	3	9		7
	7			8	9			
7		8	6	9				2
1	3	5	8			7	9	
6	2	9			7	5		

BARBARA SMITH

5	9	8	3	4	7	2	6	1
4	7	3	6	1	2	9	5	8
6	2	1	5	9	8	3	7	4
2	8	7	4	5	1	6	9	3
3	4	6	8	2	9	5	1	7
9	1	5	7	3	6	4	8	2
7	3	4	1	6	5	8	2	9
8	6	2	9	7	4	1	3	5
1	5	9	2	8	3	7	4	6

5	1	2	3	6	4	8	7	9
3	6	7	9	5	8	2	1	4
9	8	4	2	7	1	6	5	3
2	9	3	7	1	6	4	8	5
8	5	1	4	2	3	9	6	7
4	7	6	5	8	9	3	2	1
7	4	8	6	9	5	1	3	2
1	3	5	8	4	2	7	9	6
6	2	9	1	3	7	5	4	8

Puzzle 1:

	7			5		8	6	
2					6	7		5
4	5	6		3	8	1	2	9
	9				2	6	5	
6	8	7	5	4	9	2		1
5			6	7				
8	4			6	1	5	7	2
	6				5			4
	2	5		9			8	6

Puzzle 2:

	5	7	2	6		4		
		4	1	7		9	8	5
	8	1	5		4	2		
	3	5	9	8			2	4
8			4	5				7
	4			1	2	5	6	
5		8		4	9	6	3	
4	3	6	3	1		5		
			2	5		8	4	

Sudoku
BARBARA SMITH

9	7	1	2	5	4	8	6	3
2	3	8	9	1	6	7	4	5
4	5	6	7	3	8	1	2	9
3	9	4	1	8	2	6	5	7
6	8	7	5	4	9	2	3	1
5	1	2	6	7	3	4	9	8
8	4	9	3	6	1	5	7	2
7	6	3	8	2	5	9	1	4
1	2	5	4	9	7	3	8	6

9	5	7	2	6	8	4	1	3
2	6	4	1	7	3	9	8	5
3	8	1	5	9	4	2	7	6
6	3	5	9	8	7	1	2	4
8	1	2	4	5	6	3	9	7
7	4	9	3	1	2	5	6	8
5	2	8	7	4	9	6	3	1
4	9	6	8	3	1	7	5	2
1	7	3	6	2	5	8	4	9

BARBARA SMITH

Sudoku
BARBARA SMITH

	7			5		8	6	
2					6	7		5
4	5	6		3	8	1	2	9
	9				2	6	5	
6	8	7	5	4	9	2		1
5			6	7				
8	4			6	1	5	7	2
	6				5			4
	2	5		9			8	6

	5	7	2	6		4		
		4	1	7		9	8	5
	8	1	5		4	2		
	3	5	9	8			2	4
8			4	5				7
	4			1	2	5	6	
5		8		4	9	6	3	
4	9	6		3	1		5	
				2	5	8	4	

BARBARA SMITH

Sudoku
BARBARA SMITH

9	7	1	2	5	4	8	6	3
2	3	8	9	1	6	7	4	5
4	5	6	7	3	8	1	2	9
3	9	4	1	8	2	6	5	7
6	8	7	5	4	9	2	3	1
5	1	2	6	7	3	4	9	8
8	4	9	3	6	1	5	7	2
7	6	3	8	2	5	9	1	4
1	2	5	4	9	7	3	8	6

9	5	7	2	6	8	4	1	3
2	6	4	1	7	3	9	8	5
3	8	1	5	9	4	2	7	6
6	3	5	9	8	7	1	2	4
8	1	2	4	5	6	3	9	7
7	4	9	3	1	2	5	6	8
5	2	8	7	4	9	6	3	1
4	9	6	8	3	1	7	5	2
1	7	3	6	2	5	8	4	9

BARBARA SMITH

Printed in the United States
by Baker & Taylor Publisher Services